名 / 家 / 经 / 典 / 小 / 说 / 选

我想知道为什么

[美] 舍伍德·安德森 (Sherwood Anderson) 等 著

杨巍等 译

江苏凤凰文艺出版社
JIANGSU PHOENIX LITERATURE AND
ART PUBLISHING, LTD

图书在版编目（CIP）

我想知道为什么 /（美）舍伍德·安德森 (Sherwood Anderson) 等著；杨巍等译．-- 南京：江苏凤凰文艺出版社，2018.8（2024.2重印）

（名家经典小说选）

ISBN 978-7-5594-2330-6

Ⅰ．①我… Ⅱ．①舍… ②杨… Ⅲ．①短篇小说—小说集—世界 Ⅳ．① I14

中国版本图书馆 CIP 数据核字 (2018) 第 129295 号

书　　名	我想知道为什么
著　　者	(美) 舍伍德·安德森 (Sherwood Anderson) 等
译　　者	杨巍等
责任编辑	王　青
出版发行	江苏凤凰文艺出版社
出版社地址	南京市中央路 165 号，邮编：210009
出版社网址	http://www.jswenyi.com
印　　刷	三河市同力彩印有限公司
开　　本	650 × 960 毫米　1/16
印　　张	11.75
字　　数	159 千字
版　　次	2018 年 8 月第 1 版　2024 年 2 月第 4 次印刷
标准书号	ISBN 978-7-5594-2330-6
定　　价	59.80 元

目　录 | Contents

一个穷人申请专利的历程

[英] 查尔斯·狄更斯

吴俐蓉 译

我向来不习惯为了发表而写文章。除了有几个星期一、圣诞节以及复活节能得到休息外，每天至少要劳作十二至十四个小时，这样的工人会写些什么呢？但有人要我把我想说的，清清楚楚地写下来，那我只好提起笔来，尽力而为了。如果写得不好，敬请原谅。

我出生在伦敦附近，自从学成之后，就一直在伯明翰的一家作坊做工（你们叫工厂的，我们称之为作坊）。我在德特福德当过学徒，那里离我出生的地方很近。我是靠打铁吃饭的。我叫约翰，但打十九岁那年起，大伙都管我叫“老约翰”，就因为我没几根头发。我现已五十六岁了，发现头发并不比十九岁的时候多，可也不比那时少。所以，在这方面没什么好说的。

明年四月份，我结婚就满三十五周年了。我结婚那天刚好是愚人节，让大伙笑话吧，但我就是在那天娶到了个好老婆。对我而言，那才是我人生中最有意思的日子呢。

我们总共生了十个孩子，其中六个活了下来。大儿子在一条叫“南方号”的意大利客轮上做技工。这艘船定期往返于马赛、那不勒斯，也会在热那亚、里窝那和奇维塔韦基亚停靠。他是个很棒的技工，发明了许多有用的小玩意儿，不过，他一点好处也没捞到。另外两个儿子在新南威尔士州的悉尼干得也不错。上次来信时，他们还没成家呢。还有个儿子叫詹姆士，疯疯癫癫的，居然跑到印度当兵了。他写信告诉我，他在那负了伤，一颗子弹穿进了肩胛骨，在医院躺了一个半月，所有儿子中，就数他长得最好看了。我女儿玛丽，日子过得还算舒坦，可惜胸腔积水了。另一个女儿夏洛特，她丈夫居然丢下她跑了，真够可恶的，现在她带着三个孩子跟我们住在一块儿。最小的孩子才六岁，但对机械很有天赋。

我以前不是宪章派[①]，现在也不是。我的确看到过许多能引起大家怨恨的社会弊端，但是我并不认为宪章派的主张能解决问题。要是我也认同的话，那我真成宪章派了，可我并不这样想，所以我不是宪章派。我看报纸，也会去在伯明翰我们称为“会堂”的地方听听别人的讨论，所以，我认识很多好人和工人，他们都是宪章派的。值得注意的是，他们并不都主张靠武力解决问题。

我可不是自吹自擂，但我想说，我有些发明的小天赋，要是不事先说明这点的话，我就没办法继续写下去了。我发明了一种螺丝钉，挣了二十镑，这种螺丝钉至今还在用呢。在过去的二十年里，我反反复复地搞一样发明，边搞边改进，终于在去年平安夜晚上十点钟的时候完成了。弄好之后，我叫我老婆进来，我们就这样站着看，泪水洒在模型上。

我有个朋友叫威廉·布彻，是个宪章派，但属于温和派。他能言善辩，很是活跃。我常听他说，咱们工人每走一步都那么困难，就是因为长期以来政府为百姓设立了林林总总的机关部门，而且都是没必要的，可是我们却不得不服从，还要掏钱支持那些不该支持的部门。威廉·布彻说道：“确实是这样的，所有公民都得这么做，但工人们本来就一无所有，所以他们的负担是最重的。同样地，当他们要矫枉过正，伸张正义的时候，就不应该为难他们。”注意，我所写的这些

---

① 十九世纪三十至四十年代，英国工人阶级兴起一场宪章运动，旨在争取普选权。

都是出自威廉·布彻之口。他刚才讲的这些话是为了达到上述目的。

现在回过头来说说我的模型吧。大约一年前的平安夜晚上十点钟，我把它做好了。我把平日省下来的钱都花在这个模型上了。碰到日子不好过的时候，或者夏洛特的孩子生病的时候，或者两者兼而有之的时候，我不得不把它丢在一边，有时一丢就是好几个月。我会把它拆了又装，装了又拆，就是想把它做得更好。这样反反复复都不知多少回了，才有了这么个完美的模型。

关于这个模型，圣诞节那天，我和威廉·布彻聊了很久。威廉是个聪明人，就是脾气有时比较怪。他说："约翰，你打算怎么处理这个模型?"我答道："申请专利。"他问："约翰，你想怎么弄?"我说："领个专利证呗。"接着威廉便跟我讲，专利法就是骗钱的，很是残酷。他说："约翰呀，要是你在拿到专利前，将你的发明公之于众，那么，就会有人乘机窃取你辛勤劳动得来的果实。到时你会进退两难。你要么自己吃亏，事先找个合伙人，要他担负申请专利的大量费用；要么你就要四处求人，到处碰壁，把自己搞得晕头转向，还要一边讨价还价，一边展示你那发明。到时，发明被人暗中偷走了你还不知道呢。"我说："威廉·布彻，你瞎说什么呀？你有时是有点儿怪呀。"威廉说："约翰，不是我怪，我所说的都是事实。"之后他又详尽地说了一大通。我告诉他，我要亲自去申请专利。

我大舅子乔治·贝瑞，住在西布罗姆维奇。不幸的是，他老婆酗酒成瘾，弄得倾家荡产，先后十七次被关到伯明翰监狱，最终死在了那里，也解除了痛苦。他临终前给他妹妹，也就是我老婆留下了一笔遗产，是价值一百二十八英镑十先令的英格兰银行股票。我们至今还未动过这笔钱。注意，我们也会老去，从而丧失劳动能力的。现在我们都同意给这项发明申请专利，打算花掉上面提到那笔钱的一部分去申请专利。威廉·布彻替我给在伦敦的托马斯·乔伊写了封信。这位托马斯·乔伊是个木匠，有六英尺四英寸高，很会玩套环游戏。他住在伦敦的切尔西，附近有个教堂。我到作坊请了个假，等我回来后好继续干活。我是个好工人，不是禁酒者，却滴酒不沾。圣诞节过后，我乘坐廉价的列车前往伦敦，到那之后，在托马斯·乔伊家租了间屋子，打算住一个星期。乔伊是有老婆的，养有一子，是个水手。

按照托马斯·乔伊手头上的一本书所写的，为发明申请专利，首先要做的，就是向维多利亚女王提交一份申请书。威廉·布彻也这么说过，并为我拟好了一份。注意啦，威廉是个笔头很快的人。另外还要附上一份给大法官法庭的主事官的陈述书，这我们也准备好了。几经周折，我终于在坦普尔栅门的赞善里南安普顿大厦找到了一位主事官。我把陈述书呈给他看，花了十八便士。之后，他又叫我带着陈述书和申请书到白厅的内政部。等找到地方后，把文件放在那儿，等待内政大臣签字批准。在那，我花了两磅两先令六便士。六天后，又叫我拿着签好字的文件去首席检察官总署打一份报告，我照做了，付了四磅四先令。注意了，这些人从头至尾都没为那些钱表示感谢，相反，都是一群无礼的人。

我在托马斯家的租期又延长了一个星期，眼看着五天又过去了。首席检察官例行做了份报告（正如威廉·布彻在我动身前所说的，我的发明不会遭到反对的）。我带着这份报告回到了内政部。他们把报告抄写了一份，这就是所谓的保证书，为此，又花了我七磅十三先令六便士。这张保证书又呈送给女王签署，签好之后，送回内政部给内政大臣再次签署。等我去拿保证书的时候，里面的一位先生把它往我面前一扔，说："你现在拿着它到林肯法学协会的专利局去。"那时，我已在托马斯·乔伊家住了三个星期了，开销很大，我只得节俭度日。我有点儿泄气了。

在林肯法学协会的专利局里，他们起草了关于这项发明的"女王法令草案"和"法令摘要"，这些又花了我五磅十先令六便士。他们"把法案正式抄写了两份"，一份送到印章局，另一份送到御玺局。我又付了一磅七先令六便士，这还不含三磅的印花税呢。该局的誊写员把女王法令誊写了一遍，准备送呈签署。我给了他一磅一先令，外加印花税又是一磅十先令。接着，我把女王法令再次送至首席检察官那签署。我去取的时候，又付了五磅多。从那拿走后，我又把它送回内政大臣那儿，再由他转交给女王，然后女王再次签署。为此我又付了七磅十三先令六便士多。我在乔伊家住了一个月余了。我精力耗尽，耐心全无，口袋也快掏空了。

托马斯·乔伊把这一切全数跟威廉·布彻说了，而布彻又在伯明翰的三个会堂说起这件事，之后又传到了其他会堂。后来我还听说，这事在北英格兰所有的作坊都传开了。再次注意了，威廉·布彻还在他的会堂发表过讲话，认为这是宪章派扩大阵容的专利之道。

但我的事还没办完呢。女王法令还得送至河滨大道边上萨摩赛特公馆的印章局——印花税局也在那儿。印章局的文员弄了份“印章局法令，以便呈送给掌玺大臣”，我付给他四磅七先令。掌玺大臣处的文员又弄了份“御玺局法令，以便呈送给大法官阁下”，我付了他四磅两先令。御玺局法令又被送到专利局文员手中，他又像之前一样誊写了一遍。这花了我五磅十七先令八便士。另外，我又一次性支付该专利的印花税，总计三十磅。随后，我又在“专利放置匣”上花了九先令六便士。各位，这匣子要是让托马斯·乔伊来做的话，他只收十八便士也能挣钱。接着，我得付两磅两先令给“大法官财务助理”，七磅十三先令给“宗卷管理处文员”，十先令给“宗卷管理处文员助理”。之后，我又向大法官支付了一磅十一先令六便士。最后，我还向“掌玺大臣助理”和“宗卷密封助理”支付了十先令六便士。我在托马斯·乔伊家已经住了六个多星期了。我顺利地拿到了这项发明的专利，却花了我九十六磅七先令八便士，而且仅限在英格兰内使用。我想在整个联合王国取得专利的话，花费怕是不止三百磅了。

要知道，我年轻的时候受过的教育很差劲，也很有限的。你会说，这事对我来说太糟糕了，我也这样认为。威廉·布彻比我小二十岁呢，但他所知道的却比我多上百年。换做是威廉·布彻来为发明申请专利权的话，如果他也要在各种官员之间来回奔波的话，那么他可能就比我精明多了，但说到耐心，他就不如我了。知道吗，只要碰到搬运工呀、邮差呀，以及文员呀，威廉·布彻的脾气就会有点暴躁。

我并不是说，在为这项发明申请专利的过程中，我对我的生活厌倦了。这样子说吧，一个人好不容易搞了个发明，结果却弄得他像做错什么似的，这多少有点不合理吧。他不管到哪都会碰壁，他不这样想又叫他怎么想呢？每一个想拿专利权的发明家肯定都深有同感吧。再看看申请专利的开销。要是我有点能耐的话（谢天谢地的是我的发明得到认可了，而且还发挥了作用），在有所行动前，做好打算，就不用付那么大的代价了。这对我，对这个国家，是多么的刻薄呀！你们自己算算吧，我可是花了九十六磅七先令八便士呀，一分不多，一分不少。

威廉·布彻总说机关林立，现在我还能怎么反驳他呢？看呀，光是机关就有内政部呀、首席检察官总署呀、专利局呀、大法官法庭呀，御玺局呢，还有大大小小的官员，如内政大臣呀、首席检察官呀、誊写员呀、大法官呀、专利局文员呀、大法官财务助理呀、宗卷管理文员呀、宗卷管理文员助理呀、掌玺助理呀以及火漆助理。在英格兰，哪怕是给一根橡皮筋或一个铁环申请专利，也得像我这样来回折腾，有时，还不止折腾一次呢。我前前后后总共走了三十五道手续，始于女王陛下，止于火漆助理。各位，我还真想会会这位火漆助理，你说他是个人呢，还是别的什么玩意呢？

这就是我想说的，并已用笔记了下来，但愿大伙儿能看得清楚。我指的不是笔迹（这我也没啥好炫耀的），而是文章的内容。现在我要以托马斯·乔伊的话作为结尾。离别时，托马斯跟我说："约翰呀，要是国家法律真的那么公平公正的话，你来伦敦，只要花上大概半克朗，给你的发明弄个详尽的图解说明，就可以拿到专利证了。"

其实，我也是这样想的。再说一句，借用威廉·布彻的话，"什么宗卷管理处、火漆员，统统应该滚蛋，英格兰早被他们愚弄糟蹋够了。"这话一点都不假。

鼻　子

［俄］果戈理

苏旳晗 译

一

三月二十五日，彼得堡发生了一件异常怪诞的事情。

住在沃兹涅仙大街的理发匠伊万·雅可夫列维奇（他的姓氏已经无从查证，就连他店门口的招牌上，除了画着一个脸颊涂满肥皂的绅士和“兼营放血[①]”的字样外，也再无其他说明）早早地醒了过来，一股热气腾腾的面包香味吸引了他。他躺在床上，手肘微微支起身子，便看到了他的妻子，一个爱喝咖啡、庄重体面的太太，她正从烤箱里把烤好的面包一个一个地取出来。

“普拉斯科芙娅·奥西波芙娜，今天早上我不喝咖啡了，”伊万·雅可夫列维奇说，“我只想吃点儿热面包夹葱。”（其实伊万·雅可夫列维奇既想吃面包夹葱，又想要喝咖啡，但是他知道，早晨想两样都吃到是根本不可能的，因为普拉斯科芙娅·奥西波芙娜非常讨厌这种坏习惯。）“就让这傻瓜吃面包吧，这样更好，”他的妻子暗暗想道，“我还可以再喝一份咖啡。”于是，她就把一块面包扔到了桌子上。

---

① 旧俄时代，理发匠往往兼用放血等土法给人治病。

伊万·雅可夫列维奇穿着讲究，为了衣着体面，在衬衫外面还套了一件燕尾服。他坐在餐桌前，往面包上撒了些盐，准备好两颗葱头，拿起刀子，做了一个意味深长的表情，然后开始切面包。他把面包切成两半，看了看面包心，惊异地发现了一个白色的东西。伊万·雅可夫列维奇小心翼翼地用刀子挖了一下，又用手指按了按："这么结实？"他嘟囔道，"这是个什么玩意儿？"

他把手指伸进面包里，一下拽出了那个白白的东西——是一个鼻子！伊万·雅可夫列维奇忙不迭地松了手，不相信看到的一切，他揉揉眼睛再摸了一摸，没错，确实是个鼻子！而且，这鼻子看上去貌似还挺眼熟。伊万·雅可夫列维奇不由地惊骇万分，不过这份惊骇比起他妻子的怒气简直不值一提。

"你这个衣冠禽兽，你说，你把谁的鼻子割掉了？"她怒吼道，"你个大骗子！死酒鬼！我要到警察局去告发你。你这丧尽天良的强盗啊！我早就听起码三个人跟我抱怨过，说你给人家刮脸的时候，差点把鼻子给刮下来。"

此时，伊万·雅可夫列维奇已经吓得魂飞魄散了。他一下就认出，这鼻子的主人不是别人，正是那个八等文官科娃廖夫，他每逢礼拜三和礼拜天都会来自己的店里刮脸。

"别说了，普拉斯科芙娅·奥西波芙娜！我这就把它用破布包起来，放到角落里，让它先在那放一小会儿，我马上就把它拿走。"

"我什么都不要听！你想让我把你割下来的鼻子放在自己房里？你这个冷血无情的怪胎！就只知道拿剃刀在皮带上磨来磨去，其他该管的事都不管不顾了。你个变态！恶棍！还指望我会在警察面前替你打掩护吧？门儿都没有！哎呀，你个蠢材，榆木疙瘩！赶快把它拿走，快点！随便你拿到哪儿去！我可不想听它喘气！"普拉斯科芙娅·奥西波芙娜歇斯底里地大叫着。

伊万·雅可夫列维奇完全被吓愣了，束手无策，他想来想去，就是想不起来到底发生了什么事情。

“鬼才知道，这是怎么回事儿，”终于，他挠挠耳根，说了句话，“难道我昨天喝多了？我真是想不起来了。不管怎么说，这都是件诡异的事儿啊！要知道面包是烤熟的，可是夹在面包里面的鼻子却完好无损。真是活见鬼了！”

伊万·雅可夫列维奇闭上了嘴，他想到，万一警察在他这里找到了鼻子，一定会治他的罪，这个想法让他猛然间吓出了一身冷汗。他仿佛看见那用银线绣的鲜红色衣领和长剑……他浑身抖个不停，方寸大乱，最终镇定下来，拿起衣服和靴子，把这些乱七八糟的东西都一股脑地套在身上，伴着普拉斯科芙娅·奥西波芙娜不绝于耳的咒骂声，拿起破布包裹着的鼻子，上街去了。

他打算悄悄地把这个烫手山芋处理掉：要不就塞在门墩地下，要不就假装不小心从身上掉了出来，他自己再赶快拐到胡同里逃之夭夭。可倒霉的是，他总是碰到熟人，还有人刨根问底地打招呼：“上哪儿去啊？”“这么早去给谁刮脸啊？”就这样，伊万·雅可夫列维奇怎么也找不到合适的机会。有一回，他已经把鼻子假装丢在地上了，可那个巡逻的居然跑过来提醒他，说他掉了东西，让他赶快捡起来。于是伊万·雅可夫列维奇只好无可奈何地捡起了鼻子，藏进口袋里。他当时郁闷极了，商店和小商铺都渐渐开了张，街上的人也随之熙攘了起来，机会肯定越来越难得。

他只得决定到伊萨基耶夫大桥上去：在那儿说不定可以找个机会，把鼻子扔到涅瓦河里去。

对了，真是抱歉，直到现在还没有向读者们介绍一下伊万·雅可夫列维奇其人，其实，他在许多方面都是一个可亲可敬的人。

伊万·雅可夫列维奇就像所有俄国正派的手艺人一样，嗜酒如命。他虽然每天都给别人刮脸，可是自己的胡子却从来不刮。伊万·雅可夫列维奇的燕尾服（他从来不穿长礼服①）都是很花哨的，虽然也是黑色打底，但上面却缀满了棕黄色和灰色的斑点。他的衣领已经

① 旧日欧洲一种有细腰身，长下摆的男上衣。

磨得发亮，有三颗纽扣已经脱落了，只剩下一些线头在那里坚挺着。伊万·雅可夫列维奇是一个玩世不恭的人，八等文官科娃廖夫在刮脸时总是说："伊万·雅可夫列维奇，你的手上有股味道！"伊万·雅可夫列维奇都会反问一句："哪有什么味道呀？""我不知道，伙计，真的很难闻。"八等文官肯定地说。这时伊万·雅可夫列维奇就会嗅嗅鼻烟壶，假装闻不见，然后在科娃廖夫的脸上、鼻子下面、耳朵根儿、下巴颏上——总之，在他脸上随意地抹上肥皂泡，以示报复。

这位可敬的市民眼下已经来到了伊萨基耶夫大桥上。他先是四处张望了一番，然后倚着栏杆看了看桥下，好像在审视河里的鱼多不多。他暗中观察了周围的情况，然后，偷偷摸摸地把包在破布里的鼻子扔了下去。然后，他心里的石头终于落了地，伊万·雅可夫列维奇情不自禁地笑了起来。他决定今天不去给官员们刮脸了，而是朝着一家名叫"茶点小吃"的饭馆走去，想要去喝点小酒。就在这时，他看见桥头上站着一个巡逻长，这位长官看上去相貌不俗，满脸络腮胡子，头上戴顶三角尖帽，身上挎了一柄长剑。伊万·雅可夫列维奇怔住了，担心事情暴露，这时巡逻长伸出手招呼他："兄弟，你过来一下！"

伊万·雅可夫列维奇通晓礼仪，他远远地就脱下了帽子，快步走上前说道："您好，尊敬的大人！"

"不，不，兄弟，不是什么大人。你说说吧，刚才在桥上干什么呢？"

"上帝作证，先生，我去给人刮脸，路过河边，就是看看河水流得快不快。"

"别骗人了！这是敷衍不过去的。你就照实说吧！"

"大人，这样吧，今后我每个礼拜给您刮两次脸，三次也行啊，绝对尽心尽力，您看怎么样？"伊万·雅可夫列维奇恭维地答道。

"嘿，兄弟，你这是干什么啊！都有三个师傅给我刮脸了，他们还都觉得这是份荣耀呢。快点说说吧，你刚才在干什么？"

伊万·雅可夫列维奇的脸刷地白了，不知如何应对。不过，事情发生到这里，却突然蒙上了一层烟雾，之后发生的事情就无人知晓了。

二

八等文官科娃廖夫早早地醒了过来，他咂着嘴唇，发出“呼噜噜……”的响声，每天睡醒时，他都会这样做，虽然自己也不知道为什么，他已经习惯了。科娃廖夫伸了个懒腰，叫人把桌上的小镜子递给他，想要看看昨晚鼻子上冒出的那个小疖子消退了没有。然而，意想不到的事情发生了，他的鼻子不见了，原本长着鼻子的地方，现在却光秃秃的，什么也没有！他惊恐万分，马上命人端了盆水来，用毛巾使劲擦了擦眼睛。可是，没有眼花，鼻子确实不见了！八等文官科娃廖夫从床上翻了起来，抖搂几下身子，也没有鼻子掉下来。他马上命人给他穿好衣服，随后便飞奔着去见警察局长。

在这里，有必要介绍一下科娃廖夫，便于读者了解这位八等文官是怎样的一位人物。有一些八等文官得到这个官衔是依靠学位，凭借文凭的；而另外一些则是在高加索“拼出来”的，这两类八等文官，虽然官衔相同，但却是完全不同的两类人，绝不可混为一谈。有学识的八等文官是……

不过，俄罗斯是一片神奇的土地，在这里，你只要说到八等文官，那么，从里加直到堪察加[①]的八等文官都会以为是在说自己。其他官衔的官员也莫不如此。科娃廖夫是在高加索弄到的官衔，自从两年前他得此殊荣之后，就一刻也没忘记过自己的身份。为了让自己的地位更加荣耀，他从不称自己为八等文官，而是自称少校。“嗨，亲爱的，”平日里，碰到那个卖胸衣的婆子，他都会招呼道，“上我家来吧，我就住在花园街上，你只消问一句，科娃廖夫少校住在这儿吧？

① 旧俄从最西边到最东边的疆域。

大家都会争先恐后地告诉你的。”要是在街上碰到个美人儿的话，那他还要悄悄地加上几句：“我的心肝儿，你就随便问问科娃廖夫少校家在哪儿，任谁都会告诉你的。”鉴于此，我们以后还是称这位八等文官为少校吧。

科娃廖夫少校有个习惯，每天都要在涅瓦大街上散步，每每这时，他胸襟的领子都是干干净净而且浆得整整齐齐的。他的络腮胡子和省里、县里那些有身份的仪表堂堂的男人们一样，从面颊中央蔓延开来，一直覆盖到鼻子。这些人中有土地测量员、建筑师、团级军医还有警察大人等等，他们个个面色红润，还玩得一手好牌。科娃廖夫少校随身携带了许多玛瑙徽章，上面刻着礼拜三、礼拜四、礼拜一等等字样。科娃廖夫少校来到彼得堡是有所打算的，他想谋得一个与自己身份相符的职位，要是顺利的话，就谋个副省长当当，如若不行，在某个重要的部门做个庶务官也可以。科娃廖夫少校不排斥结婚，但新娘一定要有二十万卢布的陪嫁才行。综上所述，这下读者应该可以体会到，当少校发现自己那大小适中、外形俊美的鼻子无故失踪了，取而代之的是一片光秃秃的遗迹时，会有怎样的心情。

要说倒霉还真是，街上竟然连一辆出租马车都没有，他只好裹紧斗篷，用手帕捂住脸，装出一副鼻子出血的样子往前走。“说不定是我自己想多了，鼻子怎么会莫名其妙地丢了呢?”这么想着，他故意走进一家糕点店，想要照照镜子，查看究竟。幸运的是，店里面一个顾客都没有，只是一些小学徒在打扫房间、摆放桌椅。几个睡眼惺忪的孩子端着刚出炉的馅饼，准备早餐。“啊，上帝保佑，一个顾客也都有，”他说，“现在可以去好好瞧瞧了。”他战战兢兢地走到镜子前，仔细一看，依然大惊失色：“活见鬼了，怎么会发生这种事呢!”他啐了一口，“哪怕有个什么东西代替一下鼻子也好啊，可现在，光秃秃的，什么也没有!”

科娃廖夫失魂落魄地咬紧嘴唇，走出了糕点店，他一反常态，既不对人笑脸相迎也不让别人看到自己。突然，他在一栋房子门口停了下来，怔怔地看着眼前的这件怪事：一辆四轮马车在大门口停了下来，门打开，一位身穿制服的绅士低身跳下车，然后快步上了楼。我们的少校惊诧地看着眼前发生的这一切，因为他一眼便认出，那位衣冠楚楚的绅士正是他的鼻子！经历了这样惊悚的怪事，感到周遭的一切似乎都旋转了起来，他勉强站立着，并暗下决心，一定要等他的鼻子回到马车上来，问个清楚才好。此时，他好像害了寒热病一样，全身颤抖着。焦急地等待了两分钟，他的鼻子果然出来了。鼻子的制服上绣着金线，宽大的衣领挺立着，绒面裤子，一把长剑挎在腰间。从他带有羽饰的帽子上可以看出，这是一位五等文官。很显然，他现在正要去什么地方拜会别人。鼻子向两边望了望，趾高气扬地招呼车夫道："停车！"随后便上车离开了。

可怜的科娃廖夫简直要崩溃了，这件惊世骇俗的奇事，让他无论如何也想不明白。鼻子昨天还好端端地长在他的脸上，既不会坐车，也不会走路，怎么今天就穿起制服来了呢？他百思不得其解，只好跟着马车一路追了过去，幸好那马车没走多远，就在喀山大教堂的前面停了下来。

他赶忙追到教堂去，期间穿过了一群穷老太婆，她们脸包裹得只露出眼睛，过去他对她们一向是嗤之以鼻的，今天他鼻子不见了，也无法对她们嗤之以鼻了。教堂里面做祷告的人并不多，大部分人都只是站在门口。就是这为数不多的几个人还是让科娃廖夫感到十分慌乱，他根本没有办法安心祷告，一边心不在焉地祷告，一边四下打量，想要找到那位绅士。终于，他发现那人就站在教堂的一边，把自己的脸藏在大立领里，满脸虔诚地祷告。

"该怎么去跟他搭话呢？"科娃廖夫琢磨着，"那制服、那帽子，一看他也就是个五等文官。鬼才知道，他是怎么做到的！"

科娃廖夫故意在鼻子身旁不住地咳嗽，想引起鼻子的注意，可他的鼻子一刻也没有改变自己虔诚的姿势，还频频鞠躬施礼。

"阁下……"科娃廖夫鼓起勇气说道，"阁下……"

“您有何贵干?”鼻子转过头来问道。

“我很奇怪，阁下，我觉得，您应该清楚自己的身份。我是意外找到您的，在哪里？在教堂里。您得承认……”

“请原谅，我完全不明白您在说些什么，您可以说得明白些吗?”鼻子迷惑不解。

“我该怎么跟他说明白呢?”科娃廖夫想，他重新打起精神开始解释起来：“当然，我……我只是个少校。但我可不能没有鼻子，您得承认，这样是很不体面的。如果是那个在沃斯科列仙大桥上卖橙子的小贩，没有鼻子也就罢了，可我不一样，我还要在省里谋得个职位呢！况且，我还要与太太们来往呢，比如五品文官夫人，契赫塔列娃，还有很多你不认识的……您好好想想……我不知道，阁下……（这时科娃廖夫少校耸了耸肩）……请原谅……请考虑一下您的职责和名誉……我想，您会想明白的……”科娃廖夫想尽量表达得清楚一些。

“我什么也不明白，”鼻子答道，“能不能说得再清楚些。”鼻子一头雾水，不知道对方究竟在说什么。

“阁下……”科娃廖夫义正辞严地说道，“我不知道，该怎么理解您的话。这一切再明显不过了，完全是一清二楚的。或者您想……明确地说吧，你可要知道，你就是我的鼻子啊!”

鼻子扫了少校一眼，皱了皱眉头说道：

“您搞错了，阁下，我就是我自己，再说，我们之间也不会有什么关系。看您制服上的纽扣，您应该在另一个部门供职，起码是司法部吧，而我是教育部的。”

说完，鼻子就转过身去，继续做祷告了。

科娃廖夫顿时僵住了，完全不知该怎么做才好，甚至连该想些什么都不知道了。这时，传来了一阵女士衣服摩擦发出的愉悦的响动，一位身上缀满花边的老妇人走了过来，身后跟着一位曼妙少女，她身着一袭白裙，尽显腰身的纤细婀娜，头上戴的那顶淡黄色的小帽，有如小蛋糕一般精美。一个高个子的随从紧随其后，满脸络腮胡子，脖子上的衣领好像足有一打[①]之多，他打开了随身携带的鼻烟壶。

科娃廖夫凑上前去，挺了挺细麻布的胸襟领，戴好挂在金链上的手套，对着四周微笑着，他的目光锁定在了那位轻盈美妙的女子身上。她好似春日里的鲜花，微微弯着身子，将一只白皙的小手举到额头，手指竟如半透明一般澄澈。科娃廖夫看到帽檐下她那洁白圆润的下颌，还有好像被初春的玫瑰笼罩了的绯红的小脸，他情不自禁地微笑了起来。可是，他却突然躲到一边，就像是被火烧灼到了那般弹开。原来，他猛然间意识到，自己此刻已经没有了鼻子，于是，眼泪便不由自主地涌了出来。他转过身去，想要直接跟那个穿着制服的绅士说，他只是一个冒牌的五等文官，是一个彻头彻尾的骗子，一个无耻之辈，他仅仅只是自己的鼻子，除此之外什么也不是……可是，此刻鼻子却不见了，他大概是急着去拜会什么人了。

科娃廖夫简直绝望了。他转身出去，站在廊柱下面四处张望，看看能不能发现鼻子的踪影。他非常清楚地记得，那顶带着羽饰的帽子和那件用金线缝制的制服，但他没有留意鼻子穿的外套，还有马车以及马匹的颜色，甚至也没注意到他身后是否跟着随从，随从穿着什么样的仆人制服。再说车水马龙，川流不息，且来去匆匆，怎么能看得清楚呢？就算是真的看到了那辆马车，他也没办法叫它停住。

那一日彼得堡天朗气清，涅瓦大街上人头攒动。女士们如色彩斑斓的瀑布一般倾泻了整条人行道，从警察大桥一直蔓延到阿尼迄金大桥。这时，一位与他熟识的七等文官走了过来，科娃廖夫总是称他为中校，特别是当着其他人的面的时候。还有那个参政院的股长亚雷什金，那是他的好友，玩波士顿牌时总也凑不成八点。还有另外一位少校，也是在高加索弄到的官衔，他正招手叫科娃廖夫过去……

“真是见鬼！”科娃廖夫愤恨地说道，“那个，车夫，直接带我去警察局长家！”

---

① 一打有十二个，这里是虚指。

科娃廖夫坐上马车，粗暴地对着车夫喊道：“快点赶!”

“警察局长在家吗?”他一进前厅便喊道。

“哎呀，不在家，”门卫答道，“刚刚才出门去。”

“怎么这么不凑巧啊!”

“可不是，”门卫接话道，“刚才还在家呢，就这说话的功夫，刚走。您如果再早来一会儿，没准就能碰上了。”

科娃廖夫一直用手帕捂着脸，坐上马车失望地喊道：“快走!”

“去哪儿啊?”车夫问。

“你就一直走吧!”

“怎么一直走啊?前面就是路口了，咱们是往左拐还是往右拐?”

这个问题提醒了科娃廖夫，他不得不认真想想，接下来该怎么办。以现在这个情况来看，他似乎应该先去警察局报案，倒不是因为他的这件事应该归警察局管，而是因为警察局处理起事情来一定会比其他部门快得多。要是直接去找鼻子自称供职的那个部门的上司，可不是一个明智的选择，因为从鼻子本人的回应来看，他已经毫无羞耻心了，他一定会将这个谎言继续下去，正如他当面否认认识自己一样。于是，科娃廖夫决定要去警察局报案，可他转念一想，那个骗子在初次会面时尚且那般蒙昧良心，那么，他很有可能抓住机会，溜出城去。真是那样的话，就失去了追寻的最好机会了，再怎么搜寻也是徒劳无功的了，搞不好拖上个把月也不会有结果。

最后，可能是上天怜悯他，终于让他想到了一个绝妙的办法。他决定直接去报馆，在那先刊登一则告示，详细描述鼻子的特征，这样，如果有人看见了鼻子，便可以立刻把他抓住送到警局去，至少也可以提供一些线索。就这样，他便吩咐车夫送他去报馆，整整一路他都不停地用拳头捅车夫的后背，不断催促着：“快点，你个笨蛋!快点，骗子!”“唉，老爷，这是最快的了。”车夫一面说，一面无奈地摇着头，他不得不用力抽打那匹毛长如狮子狗一般的马。还好，马车终于停了下来，科娃廖夫喘着粗气跑进了小接待室，一位头发斑白的官员正坐在桌旁数着收到的铜币，他身穿一件旧的燕尾服，戴着眼镜，嘴里还叼着一支鹅毛笔。

“这里谁负责受理广告?”科娃廖夫喊道，“噢，您好!”

“您好!”头发斑白的官员心不在焉地应了一句，抬起眼扫视了片刻，又低下头去数他的铜币。

“我想要登……”

“不好意思，请稍等一会。”官员一只手指着纸上的数字，另一只手拨弄着算盘。一位穿着金银饰带制服的仆人站在旁边，摆出一副在贵族老爷家当差的架势，手里拿着一张纸条，想要显示一下自己的精明能干：

“您信不信，大人，这狗肯定不值八个银币[①]，要我说，连八个铜币[②]都划不来。可是伯爵夫人就是喜欢，我的天啊，就是喜欢，有什么办法呢？所以，只要有人能把那只狗找回来，夫人就会赏给他一百卢布！话说回来，就像我跟您一样，谁还没有个爱好呢。要是喜欢打猎，那就得养条猎狗或者卷毛狮子狗，别说五百卢布，就是一千卢布也不会吝惜啊，不过，前提是必须是条好狗。”

可敬的官员一面听他说话，一面数着纸条上有多少个字母，脸上还带着一副意味深长的表情。房间里挤满了拿着纸条的老太太、商铺掌柜和看守院子的人。纸条上分别写着：一位不饮酒的正派车夫待雇佣；出售四轮马车，八成新，一八一四年购于巴黎；十九岁婢女，擅长洗衣上浆，兼做杂活；牢固结实的轻便马车，仅缺一根弹簧；灰斑点小烈马，年仅十七岁；从伦敦新到一批芜菁和水萝卜籽；别墅，设施一应俱全；出售空地，带两间马厩，可栽种上等桦树、云杉；出售旧鞋底，有意者请于每天上午八时至下午三时联系本人……所有人都挤在这间小接待室里，空气十分浑浊，不过八等文官科娃廖夫可闻不出这里的气味，因为他一直用手帕捂着脸。此刻，他的鼻子还不知跑

---

① 旧俄货币，一个银币值十戈比。

② 旧俄货币，一个铜币值二戈比。

去哪里了呢。

“阁下，请允许我先问一句……我很着急。”他终于按捺不住了。

“马上，马上！二卢布四十二戈比！一分钟就好了！一卢布六十四戈比！”头发花白的官员一边说，一边把纸条扔到老太太和看院人的跟前。“有什么为您效劳的？”他终于转过头去，对科娃廖夫说道。

“我想要……”科娃廖夫一时不知该怎么说，“是上当受骗还是被人耍了，我自己也不清楚。现在我只想要登一则告示，如果有人能抓住那个混蛋，就可以得到一笔可观的酬金。”

“请问您贵姓？”

“什么，还要姓名吗？不，这我不能说。我的熟人太多了，五等文官夫人契赫塔列娃，校官夫人帕拉盖娅·格里戈利耶芙娜·波德托钦娜……她们都认识我，要是被她们知道，那就惨了！这样吧，您就简单地写，八等文官，或者，最好就写‘现职少校’。”

“那么，逃跑的是您家的用人吗？”

“哪里是什么用人啊，要是那样，还算什么上当受骗！从我这逃跑的……是鼻子……”科娃廖夫压低声音，怕被周围的人听见。

“呃！这么奇怪的姓氏！那，这位鼻子先生卷走了您一大笔钱吗？”

“鼻子，就是……您怎么不理解呢！就是鼻子，是我自己的鼻子不见了，是魔鬼想要戏弄我！”科娃廖夫有些急了。

“鼻子怎么会不见了呢？我真的不是很懂您的意思。”

“我不能跟您说，鼻子是怎么丢的。眼下，重要的是，他正满城乱跑呢，还自称是位五等文官。所以，我想请您登这样一则告示，一旦有人抓到他，就马上带来见我。您也替我想想，我身上缺了这么明显的一个部件，那可怎么行呢？这又不像小脚趾头，只要穿上靴子，就谁也看不到了。我每周四还要去五等文官太太契赫塔列娃家里做客呢！校官夫人帕拉盖娅·格里戈利耶芙娜·波德托钦娜和她那标致的女儿都是我的老熟人，您想想看，如今我该怎么……如今我都不能去见她们了。”

官员仔细地思考了起来，双唇紧闭。

“不，我不能在报纸上刊登这样的告示。”他沉默片刻后回答。

“什么？为什么不能啊？”

“因为，那样的话，我们的报纸会失去公信力的。要是随便什么人都跑来说丢了鼻子，那……本来就已经有人说，报纸上净刊登一些荒诞无稽、胡编乱造的废话。”

“这怎么是荒诞无稽呢？我这告示里，哪有一点荒唐的地方啊？”

“您觉得没有，可是别人不这样认为，比如上个星期，就出了这么一档子事。一位官员，就跟您现在一样，要登一则告示，付了二卢布七十三戈比的费用，告示上写的是一只黑色卷毛狗跑了。这不是再正常不过的内容了吗？结果，您猜怎么着？他竟是在讽刺一个司库员，我也不记得他是哪个部门的了。”

“我的告示跟卷毛狗有什么关系吗？我要找的是我的鼻子，这完全是我自己的事，跟任何人都没有关系啊。”科娃廖夫着急地解释道。

“不行，无论如何，我都不能刊登这样的告示。”官员坚持自己的原则。

“可我是真的丢了鼻子，这样也不行吗？”

“要是真丢了，那就是大夫的事了。听说，现在有些大夫，什么样的鼻子都会安装。算了吧，我看得出来，您是位活泼开朗幽默的人，您是喜欢在大庭广众之下开开玩笑，是吧？”

“我向您发誓，让上帝为我作证，好吧，事已至此，我只得让您看看了……”

“何必麻烦呢！”官员嗅着鼻烟壶，接着说道，“不过，看看倒也无妨，”好奇心驱使着他补充了一句，“如果不是很麻烦的话。”

八等文官把手帕从脸上拿了下来。

“真是真的！太奇怪了！”官员说道，“这块地方又平又滑，好像一块刚烙好的煎饼一样，平得不可思议啊！”

“那您现在还会拒绝吗？您都亲眼看见了，这不登告示怎么能行呢？我一定会非常感谢您的，能认识您，真是我的荣幸啊……”

这一次，少校是下定决心一定要这样做了，为此奉承一下又何妨呢。

“刊登个告示当然可以了，这也不是什么难事，”官员说，“只不过，我也没看出来这对您找鼻子有什么帮助。依我看，您要是愿意，不妨让那些文采出众的写手，把您这件事当作一个灵异事件来报道，然后刊登在《北方蜜蜂》上（说到这里，他又嗅了一次鼻烟），也让那些年轻人受受教育（这时，他擦了擦鼻子），最起码，满足一下公众的好奇心也好啊。”

八等文官彻底失望了。他低头看了一眼报纸，上面正打着戏剧的广告，他一下子就看到了那个漂亮女演员的名字，脸上正要喜笑颜开呢，同时伸手下意识地摸了摸口袋，看自己是否带了蓝票子[①]，因为科娃廖夫一直觉得，校官是应当坐在池座的。可是，他突然想起自己的鼻子，便立刻愁容不展、兴趣全无了。

官员本人似乎动了恻隐之心，他觉得应该说点什么，表达一下自己的同情之心，希望多少可以缓解科娃廖夫的愁闷。

“对您身上发生的这桩奇闻，我真是感到非常抱歉。您需不需要嗅一嗅鼻烟？它可以治疗头痛，还可以舒缓郁结，甚至对治疗痔疮也很有功效呢。”

说到这里，官员把鼻烟盒递到科娃廖夫跟前，然后熟练地将盒盖翻到烟盒下面，那盒盖上还画着一位戴着圆帽的美人。

官员这个无意的举动彻底把科娃廖夫惹火了。

“我真不能理解，您怎么这么会挑别人的痛处来开玩笑呢，”他气愤地说，“难道您没有看见，我丢失的那个东西，正是用来闻鼻烟的吗？让您的鼻烟见鬼去吧！我现在不能看它，一看它就受不了。别说是您这糟糕的廉价烟，就是给我上等的拉比烟，我也不稀罕。”

---

① 旧俄货币，面值5卢布。

说完，他异常哀怨地走出了报馆，决定还是去找警察局长。

这位局长有个奇特的癖好，爱吃糖。他家那间兼作饭厅的前厅里面，堆满了商人们为了讨好他而送来的糖块①。此时，他家的女厨子正为警察局长脱下筒靴，长剑和整套军事装备都静静地挂在角落里，威严的三角尖帽在他那三岁儿子的手里扔来扔去，而他本人，刚结束了苦斗，此刻，正在享受生活的宁静。

科娃廖夫走进来的时候，警察局长刚刚伸了个懒腰，他正摆了个舒服的姿势，自言自语道："哈，可以美美地睡上两个钟头了！"因此，不用想也知道，八等文官这时候来拜访，实在是不太凑巧。我想，此时此刻，他就算是送来了几俄磅②茶叶抑或是几匹上等呢绒，恐怕也不会受到热情地接待。这位局长虽然自称酷爱艺术品和手工织物，可实际上，真正能博得他一笑的恐怕只有国家印制的钞票了。"这个东西嘛，"他总是说道，"没有比这更好的了，不用喂饭，不占地方，口袋里就放得下，即使摔在地上也不会摔坏。"

警察局长非常冷淡地接待了科娃廖夫，并告知他，午饭后是不办理案件的，这是自然规律，吃饱饭后就该休息。（从这句话，八等文官可以知道，这位警察局长是熟知先哲的格言的。）他又说，正派人是不会掉鼻子的，这世上，什么样的少校都有，还有的人竟然连套体面的内衣都没有，成天就知道在下流的地方鬼混。

这话说得也太直截了当了，丝毫不给科娃廖夫留些脸面！要知道，八等文官可是位心胸极其狭窄的人。他可以原谅所有关于他自己的闲话，却绝对没办法宽恕那些侮辱他官衔和名位的人。就连在戏剧里，他都觉得只能对尉官说三道四，却决不能对校官有丝毫非议，更不可以指桑骂槐。警察局长的说辞让他蒙受了奇耻大辱，他摇摇头，两手一摊，神情傲然地说道："我承认，在您这番带有侮辱性的评论之后，我什么也不想再说了。"说完便转身离开了。

---

① 旧俄一种圆锥形大糖块，食用时用锤子击碎。

② 1俄磅等于4095克。

他气急败坏地回到家，那时已经是黄昏了。经过这一天徒劳的奔波后，他甚至感到这个家也异常凄冷，还有几分可憎。走进前厅，他看见随从伊万正四仰八叉地躺在脏兮兮的皮沙发上，对着天花板啐着唾沫，而且都不偏不倚地啐在同一个地方。随从这副不着调的德性让他更加恼火，他把帽子往伊万脑门上一砸，嚷道："你这个下流胚子，就知道干这些蠢事！"

伊万从沙发上一跃而起，忙跑去为八等文官脱下斗篷。

少校走进了房间，疲惫不堪，忧郁异常，却又无可奈何。他猛地坐倒在圈椅上，叹息了几次，最后说道：

"苍天啊！我的天啊！怎么会发生这样的悲剧呢？要是丢掉的是胳膊或者是腿脚，那也不算太狼狈，就算失去耳朵，诚然也很糟糕，但还是可以忍受的啊，可是，没有了鼻子，一个人没有了鼻子……天知道那是什么鬼样，鸟就不再是鸟，人也不再是人了。更何况，我甚至不知道它是怎么丢掉的！哪怕是最简单的原因，被人扯掉直接扔到窗外去了也好啊！在战争中或在决斗时被砍掉了也可以啊！只要让我知道，是怎么丢掉的，而不是像现在，一声不响地白白不见了！就是没有了，莫名其妙地丢了。"他想了一会，又接着说道，"怎么可能，鼻子不可能丢的。现在，是不是在做梦啊，或者根本就是我自己臆想出来的。我会不会把伏特加当成白水喝下去了，刮完脸之后我不是喝了水吗。伊万这个白痴，一定搞错了，我真是受够他了。"

为了确信自己不是酒鬼，而是在做梦，他使劲咬了自己一口，疼得他大叫了起来。这真实的疼痛告诉他，自己并没有在做梦，这是可怕的现实。他悄悄地走到镜子前，闭起眼睛，集中精神，用意念祈祷自己的鼻子还在原来的地方，可是，他猛然退了回去，说道："这是什么鬼样子啊！"

这实在是想不明白，如今丢的不是一颗纽扣，也不是银勺子、手表这样的平常物件，而是他的鼻子！谁会拿走他的鼻子呢？还是在自己的家里丢的。科娃廖夫绞尽脑汁也想不明白。他想来想去，觉得罪魁祸首不会是别人，一定就是校官夫人波德托钦娜。她一心想把自己的女儿嫁给他，实际上，他自己倒也喜欢和她女儿调情，可是却不想娶她。校官夫人波德托钦娜跟他挑明，说想要把女儿许配给他时，他不慌不忙地说了一番恭维话，然后找借口推脱了，理由是自己还年轻，希望再干几年事业，等到四十二岁再谈婚娶之事。校官夫人波德托钦娜一定就是因为这事怀恨在心，想要毁他容貌以作报复，便找了巫婆做出这等龌龊之事。除此之外，他实在是想不到别的可能了，谁也没来过他的房间，理发匠伊万·雅可夫列维奇礼拜三的确给他刮过脸，可之后的一整天还有礼拜四他的鼻子都好好地挂在脸上，这一切他都记得清清楚楚的。再说，真是刮脸刮掉的，总该会感觉到疼吧，伤口也不会愈合得这么快，一下子就像煎饼一样平整光滑了。

如此分析，他确定鼻子事件一定和校官夫人波德托钦娜有关，于是，他心里盘算了几个方法来对付那个老太婆，要不就去法院起诉她，要不就当面揭穿她的诡计。这时，门洞里透过来的光线打断了他的思绪，他知道，是伊万在前厅点了蜡烛。很快，伊万就走了进来，手里举着蜡烛，把房间照得通亮。科娃廖夫条件反射般的抓起手帕，盖住了昨天鼻子呆过的地方，以免这个笨蛋看到自己的这副怪样子。

伊万还没走回自己的狗窝，就听到前厅有陌生人在问：

“八等文官科娃廖夫住在这里吗?”

“请进，科娃廖夫少校在这儿。”科娃廖夫答道，赶忙起身去开门。

走进来的是位仪表不凡的警官，他的络腮胡子颜色不深不浅，脸颊圆润，此人，正是故事开头站在伊萨基耶夫大桥桥头上的那位巡逻长。

“您是不是丢了鼻子?”巡逻长开门见山地问。

“正是。”

“您的鼻子找到了。”

“您说什么?”科娃廖夫少校喊道，他激动得说不出话来，两只眼睛瞪得溜圆，盯着眼前的这位警官，烛光在他那厚嘴唇和胖脸蛋上摇曳，代替他问道，“是怎么找到的啊?”

“这事儿说也奇怪，我是在路上截住他的。本来他已经坐上驿车，准备动身去里加，就连假证件都办好了，上面写的是一个官员的名字，一切准备就绪了。原本我还以为他是一位绅士呢，幸亏我随身带了眼镜，这才看清，他就是只鼻子。要知道，我眼神不好，您就算站在我面前，我也只能看见您的轮廓，至于鼻子、胡子呀全都分不清楚。我的岳母，就是我妻子的母亲，眼神也不好。”

科娃廖夫高兴得不知所以，急切地问道：

“它在哪呢？在哪呢？我这就去。”

“您别急啊，我知道您急着要用，这不，给您带来了。太可怕了，这个案子的主谋就是沃兹涅仙街上的理发匠，现在已经被拘捕了。我早就怀疑他酗酒成性、偷鸡摸狗，前天他就在一家小铺里偷了一颗纽扣。这是您的鼻子，您看，完好无损。”

说完，这位警官从兜里掏出了一只用纸包着的鼻子。

“没错！就是它！”科娃廖夫喊道，“就是这个！您今天无论如何也要赏脸，跟我喝杯茶。”

“荣幸之至，不过，我不能奉陪了，我现在还要去趟精神病院。现在啊，什么东西都在涨价，我家里有一位老岳母，就是我妻子的母亲，还有几个孩子，都依靠我一个人养活。老大倒是很有出息，非常聪明，可是，我却没有钱供他读书。”

科娃廖夫明白这话里面的意思，从桌上抓起一张红票子①，就塞进了巡逻长的手里。巡逻长随即便行礼离开了。几乎一转身的功夫，科娃廖夫就听到巡逻长在街上的叫喊声，他正在教训一个将车停在林荫道上的糊涂庄稼汉。

巡逻长走后，八等文官过了好一会儿才缓过神来，几分钟后，他终于看清了眼前这个东西。一种突如其来的狂喜笼罩着他，一种失而

---

① 旧俄货币，值10卢布。

复得的高兴之情萦绕着他，他小心翼翼地捧着刚找回来的鼻子，仔细地端详着它。

“没错，就是它，真的是它！”科娃廖夫少校说道，“左边还有昨天长出来的小疖子呢。”少校喜不自胜，几乎要笑出声来。

然而，世间万物都是转瞬即逝的，他的喜悦也在瞬间失去了刚刚的热烈，下一秒则更加微弱，最后，无声无息地幻化成了平静，就好像是一颗石子激起的层层涟漪，最终还是要恢复往昔的宁静一样。科娃廖夫意识到，这件事还远远没有结束，鼻子虽然找到了，可还得把它装回原来的地方去才行。这个问题让他再一次纠结起来。

“如果，它要是安不回去，那可怎么办啊?”想到这里，少校的脸瞬间变得惨白。

他怀着无法言说的恐惧跑到桌边，凑近镜子，以免把鼻子安歪了。他的手抖动不休，先比划一番，找出准确的位置，然后谨慎细致地把鼻子摆上去。呀，糟糕！鼻子粘不住啊！他把鼻子放在嘴边，冲它轻轻哈气，然后又摆到两颊之间那光秃秃的地方，可是鼻子却怎么也挂不住。

“快！快啊！爬上去，你个笨蛋！”他气急败坏，对鼻子说，可鼻子就像块木头一样，一松手就掉在桌上，还会发出类似软木塞似的怪动静。少校的脸都扭成了一团，“难道就安不上了吗?”他惊恐地说道。的确，不管他把鼻子摆在那里多少次，每每都以失败告终。

他召唤伊万进来，吩咐他去请大夫来看看，大夫就住在这栋房子二楼的一间豪华的房间里。这位大夫身材健硕，一脸络腮胡子，乌亮而华美，他的太太也非常漂亮，非常健康，每天早上起床要吃几个新鲜苹果，要花三刻钟的时间来漱口，用五种牙刷刷牙，用以保持口腔的长久清洁。

医生很快就来了。他询问了这件不幸的事情发生了多久，然后抬起少校科娃廖夫的下巴，用大拇指弹了弹原本长着鼻子的地方，痛得少校一直往后缩脖子，有一次还撞到了墙上。大夫诊断以后说，问题不大。建议他离墙远一些，然后让他把头转到右边，摸了摸该有鼻子的位置，说了一声“唉!”，然后又叫他把头转到左边，再说了句“唉!”，之后，大夫又用大拇指弹了他一下，科娃廖夫少校的脑袋下意识地抽搐了一下，酷似一匹被人查看牙口的公马。做完了这一切，大夫摇摇头说道：“不，不行了，您还是就这样吧，不然可能会变得更糟糕。如果您一定要求的话，鼻子当然可以安回去，但是我肯定，这样您的情况会变得更差的。”

“能装回去那就太好了！我怎么能没有鼻子呢?”科娃廖夫说，“不可能比现在还糟糕的，我现在是什么鬼样子啊？我这副模样可怎么出门啊？我的交际圈很广，我不能这样出去见人，这不，今天就得去参加两家的宴会。我有太多的熟人，像五等文官夫人契赫塔列娃，校官夫人波德托钦娜……虽然她对我做了这件坏事之后，我们除了在警局以外，也不会在别处见面了，您就做做好事吧!”科娃廖夫哀求道，“您一定有法子的，给我装上就好，哪怕安得不好也没关系，只要粘住就行了。如果它要掉下来，我就用手轻轻托住，反正我也不跳舞了，也就不会有什么动作碰坏它。至于您的出诊费，请您放心，我一定会倾尽所有，包您满意。”

“不管您相不相信,”医生说，音量不高也不低，却异常的真诚庄严，渗透着一股不可反驳的力量，“我给人看病从来都不是为了赚钱，那跟我为人的准则和从医的初衷是相违背的。确实，我出诊也会收些费用，这只不过是为了病人不会因我的拒绝而难堪。当然，我可以给您安上鼻子，但是，您应该相信我，如果您执意不听我的话，那情况一定会更糟糕。您最好还是顺其自然吧，经常用冷水清洗就好了。我可以向您保证，就算没有鼻子，您也会跟以前一样健康。至于鼻子嘛，我建议您把它装在瓶子里，用酒精浸泡，或者可以往里面加两勺烧酒和热醋就更好了，到时候说不定您还可以为此大赚一笔呢。如果您不是漫天要价的话，那我本人也很想把它买下来。”

“不，不！我说什么也不会卖的!”科娃廖夫少校绝望地喊了起来，“那还不如直接丢掉！”

“真是抱歉！”医生告别道，“我是很愿意为您效劳的，可是有什么办法呢！您知道我已经竭尽全力了。”说完，医生泰然地走了出去，科娃廖夫没有看见他脸上的表情，只是木然地盯着他黑色燕尾服的袖子下面露出来的洁白的衬衫袖口，直到他离开。

他打定主意，在第二天也就是呈交申诉书之前，先给校官夫人写一封信，看她是否同意私下解决，给予他应得的赔偿。信的内容如下：

亚历山德拉·格里戈利耶芙娜夫人：

对于您实施的荒诞行为，在下百思不得其解。须知此等行径，既无利可图，亦无法迫使在下与令爱缔结百年之好。鼻子事件的始末，在下已了然于胸，此事与您莫无关联，绝非他人所为。本人鼻子突离本位，逃之夭夭，乔装打扮，时而冒充官员，时而本相毕露，乃是您与同伙实施妖法之果。鉴于往日情分，在下预先告知阁下，如若今日之内一切不恢复原状，在下只得诉诸法院，以求公道。

此致敬上

您恭顺的仆人

普拉东·科娃廖夫敬启

尊敬的普拉东·库兹米奇先生：

阁下的信令我大为震惊。您对我的无端指责，令我困惑不已。本人从未接待过您信中描述的官员，无论是乔装打扮抑或是恢复本相，我都不曾见过。诚然，菲立普·伊凡诺维奇·波坦奇科夫常来舍下，此人为人正直，学识渊博，相貌出众，然他对小女的爱慕，从未得到过任何回应。您提及鼻子之事，若您的言外之意，是“嗤之以鼻”，即我对您的怠慢拒绝，那我就更困惑不解了。诚如阁下所想，我的本意与您所误解之态度全然相反。如若您此刻向小女正式求婚，我定会给您满意的答案，因为这正是我的意愿之所在。

此致，愿随时为您效劳

亚历山德拉·波德托钦娜敬复

“是的，”科娃廖夫读过信后，说道，“她确实不是元凶，不可能是她！一个犯下如此罪行的人，是不可能写出这样一封信的。”八等文官在高加索时，曾多次审讯犯人，对这方面很是了解。“这到底是怎么回事？难道真的只有鬼才知道？”他双手一垂，无奈地说道。

这件匪夷所思的事很快就传遍了全城，照旧都是添油加醋的，当时的人都对新鲜奇特的事情格外感兴趣。前不久，催眠术的实验就风靡全城，后来马厩街那张会跳舞的椅子也曾名噪一时。因此，现在传出八等文官科娃廖夫的鼻子三点钟时在涅瓦大街上闲逛的消息，也就不足为奇了。八卦的人们每天都聚在一起，叽叽喳喳。有人说，鼻子貌似进了“容克”商铺，消息一传开，那里马上就聚拢了一大批人，摩肩接踵，以至于警察都不得不来干预。那个满脸络腮胡子的投机商人，本来是在剧院门口卖干果点心的，他瞅准时机，做了一批结实的木凳，租给想要看热闹的人，每人收八十戈比的租金。

一位功勋卓著的上校为此还特意提前出门，费了九牛二虎之力钻进了人堆里，可让他气愤的是，根本没有鼻子的踪影，那商铺的橱窗里挂着的是普通的羊毛衫和一幅石印画，画上那个身穿翻领坎肩、留着小胡子的花花公子，正从树后偷窥一位穿丝袜的美女。这幅画已经在那儿挂了十余年了。上校闪到一边，气鼓鼓地说道：“怎么可以传出这种愚蠢又荒诞的谣言呢？”后来，另一个版本的谣言又传开了，说是科娃廖夫的鼻子不在涅瓦大街，而是在塔夫利切公园里散步呢，而且，它在那儿好像已经有些时日了。以前霍兹列夫—米尔扎王子[①]

① 波斯王子，1829 年曾到过俄国。

在那儿生活的时候，就曾对那里的美景赞叹不已。有几个医学院的学生迅速赶了过去，一位可敬的贵妇人还致函公园负责人，希望能允许孩子们参观这一奇景，如果可能的话，配以详细的讲解，以达到教导青年人的目的。

所有这些怪事都让上流社会的男子们兴奋不已，他们最大的爱好便是在各式晚宴上给女士们逗趣，可他们腹中的笑料早已消耗殆尽了。当然，也有一小部分善良可敬的人们也曾表示过强烈不满。一位绅士就曾愤愤地说道，他不明白，为什么在当今这样文明开化的时代，会流传着这种荒谬绝伦的胡话，而且还会无止境地蔓延下去，政府对这件事采取的态度也让他大惑不解。这位先生，显然，是那种有公民意识的绅士，他们总是将一切希望寄托在政府身上，就连平日里与妻子发生的口角也应归政府处理。这之后……

故事发生至此，又一次蒙上了一层迷雾，谁也不知道接下来会发生什么。

三

世界上总是有些事情是说不清道不明的，有时，根本不足为信。那个冒充五等文官搅得满城风雨的鼻子，如今，就像什么事情都没有发生过一样，又稳稳地回到了科娃廖夫少校的脸上。这是四月七号的事了，那天，科娃廖夫早上醒来，无意间瞟了一眼镜子，突然看见了它——鼻子！他赶忙用手摸摸，真的是鼻子！“啊哈!”科娃廖夫喊道，高兴地手舞足蹈。这时，伊万走了进来，他忙打发伊万准备水洗脸，洗脸的时候，他忍不住又看了一次镜子，鼻子还在呢。他用毛巾擦脸时，又特意看了一次镜子，鼻子还是在!

“来，你来看看，伊万，我这鼻子上是不是有个小疖子啊。”他一边说一边想：要是伊万回答，没有啊，老爷，哪有什么小疖子啊，连鼻子都没看见呢。那可怎么办才好啊!

不过，伊万答道：“没有，老爷，没有疖子啊，鼻子干干净净的！”

“太好了，真是见鬼了！”少校暗自说着，把手指捏得脆响。这时候，理发匠伊万·雅可夫列维奇在门口探头探脑的，那副蹑手蹑脚的样子，就像一只刚被打过的偷腥的小猫。

“先说说，手干净吗？”科娃廖夫远远地对他喊道。

“干净。”

“算了吧。”

“上帝作证，真的，干净着呢，老爷。”

“那好吧，你可要当心啊。”

科娃廖夫坐了下来，伊万·雅可夫列维奇给他围上围布，不一会儿，就用刷子把他的胡子和半张脸抹得像商人命名日酒宴上的奶油一样。“你看看，原来是这样！”伊万·雅可夫列维奇看看鼻子，然后把头歪到一边，从侧面又看了看，“原来如此！这可真得小心点儿！”说完，就一直盯着鼻子。最后，他轻轻地伸出两根手指，小心翼翼地拈住鼻尖。伊万·雅可夫列维奇给人刮脸时，都习惯这样做。

“嗨，嗨，嗨，您可当心着点！”科娃廖夫喊道，提醒他。

伊万·雅可夫列维奇松开手，慌乱不安，他还从未感到如此局促过，有点担心。最后，他谨慎地用剃刀在老爷的胡子下面轻轻刮着，因为没有抓着那个嗅觉器官，而觉得十分费力，也不太顺手。不过，他还是用粗糙的大拇指按着少校的脸颊和下牙床，勉强完成了这艰难的任务。

脸刮好了之后，科娃廖夫赶忙穿好衣服，叫来马车，直奔糕点店。刚一进门，就喊道：“小伙子，来杯热巧克力！”之后，立刻照了一下镜子，太好了，鼻子还在。

他高兴地转过身来，眯着眼睛，神气地打量着旁边的两个军人，其中一个人的鼻子跟坎肩上的纽扣差不多大小。随后，他又去了事务厅，以前为了能谋求一个副省长或是庶务官的职务，他总去那里走动，经过接待室时，他忍不住又扫了镜子一眼，鼻子还在呢！接着，他又去拜访了另一位八等文官，这位少校出了名的爱讽刺人，科娃廖夫每每听到他尖酸刻薄的嘲讽时，都会无奈地说："唉，你啊，亏得我了解你，你就是个刺猬！"一路上，他都在想：要是连少校看到我都不会笑的话，那就可以确定，我的鼻子就在它该呆的地方了，就太完美了。这位八等文官确实什么也没有说。"太好了，太好了，真是见鬼了！"科娃廖夫想到。途中，他还遇到了校官夫人波德托钦娜和她的女儿，他向她们鞠躬行礼，还得到了女士们欢乐的感叹："这什么事也没有啊，根本看不出来，一切都完好无损呀。"和她们闲聊了好一阵子，少校故意掏出了鼻烟盒，在她们面前往鼻孔里塞进了鼻烟，然后偷偷嘟囔道："看看，我就说你们这些娘儿们没见识吧！你这女儿我是肯定不会娶的。也就是，随便玩玩爱情游戏[①]罢了，仅仅就是这样！"于是，科娃廖夫少校便若无其事地四处溜达，涅瓦大街上、剧院里……到处都能见到他。他的鼻子呢，也跟什么事都没有发生过一样，安然地坐在他的脸上，没有表现出一点东张西望的样子。

从此以后，科娃廖夫少校总是满面春风，兴高采烈的，一见到标致的女人就穷追不舍，有一回甚至在商场的一家店里买了一条勋章带，尽管他本人从未得到过任何勋章。

这就是我们这个幅员辽阔的国家里的奇闻，这就是发生在我们北方都城里的故事！只是，如今再细想一下，其中有许多地方是让人说不通想不透的。且不说人的鼻子会莫名其妙地消失不见，之后又伪装成五等文官四处游荡，这是多么匪夷所思，单单就说科娃廖夫居然连报馆不会刊登找鼻子的告示都不明白，这不是胡说八道吗？我这里倒不是说登一则广告的费用太高，那的确算不得什么，我也不是一个吝啬的人。不过，这样做总是不像话、不体面、不合常理的吧！更有甚者，那鼻子怎么会跑到烤好的面包里呢？伊万·雅可夫列维奇自己怎么……不，不，我怎么也想不明白，完全理解不了！不过，最奇怪、

---

① 此句原文为法语。

最无法理解的是那些作者，他究竟是怎么构思这些情节的。说实话，这实在是不可思议，实在是……不，不，完全想不明白。第一，这对祖国毫无益处；第二……第二呢，还是毫无益处。我真是不知道，这是怎么……

然而，话又说回来了，故事尽管如此荒诞，却也还是可以列出个一二三四五来的，再说，哪里没有点荒诞稀奇的怪事呢？如果仔细想想，这里面还是包含着一些耐人寻味的东西。不管人们怎么想，人世间总会有这样的事情，尽管不多，但总归还是有的。

在流放地

［奥地利］卡夫卡

刘慧仪 译

“这是一台特殊的机器。”军官对旅行者说。他用一种崇敬的眼神看着那台机器，当然，他对这台机器还是很熟悉的。军官邀请旅行者一同观看一名囚犯的处决。这名囚犯以前当过兵，他被指控违逆了他的上司，并对其表示不敬。旅行者之所以答应指挥官的邀请，似乎完全只是出于礼貌。当然，即便是在流放地，这场处决也是不能激起人们的兴趣的。反正，这里只是深藏山间的一个小山谷，黄沙遍地，寸草不生，就连周围的山坡也十分贫瘠和荒芜。在流放地上，除了军官和旅行者外，就只有两个人：囚犯和一个目光呆滞、宽颚大嘴的士兵。这名看守犯人的士兵，头发凌乱，满脸胡茬，手里拿着一条粗重的铁链，铁链另一端连着一些稍细的铁链，分别绑着犯人的手脚和脖子。这些细铁链之间也用其他的链条紧紧连接在一起。不知为何，这名囚犯竟像狗一样顺从，看那样子，就好像是他也能在山间自由地漫步，在行刑前，一听到口哨声，便能赶回来。

旅行者对这台机器没什么兴趣，所以只是跟在囚犯后面走来走去，明显地表现出漠不关心的样子。而军官却在认真地做着最后的准备工作。机器是固定在一个深坑里的。他一会儿钻到机器下面，一会儿又爬上梯子，检查机器上面部分的情况。这些本应是机械师们的工作，但军官却乐此不疲地做着这些事，也许是因为他特别喜欢这台机器，又或许是因为某些原因，他不放心把这工作交与他人。“现在一切准备就绪了!”他终于从梯子上爬了下来，兴奋地喊道。军官觉得累极了，大口喘着粗气，并把两条质量上乘的女士手帕垫在制服的衣领下面吸汗。

“在热带地区穿这样的制服真是太厚重了。”旅行者说道，他并未如军官所愿，问一些关于那台机器的问题。“是这样的，”军官一边答道，一边在事先准备好的水桶里洗去修机器时手上沾上的机油，“但这制服意味着国家，没有人想失去自己的国家。”军官用毛巾擦干手，指着地上的机器又立刻说道：“现在我们来看看这机器吧。这之前，我不得不亲自动手做些工作，但从现在开始，这台机器就要完全靠自己运转了。”旅行者点点头，跟上军官。后者似乎是怕有意外情况发生，又补充道：“当然，机器有时也会发生故障，真希望今天不会发生意外，但我们必须为此做好准备，以防万一。这台机器应该不间断地连续工作十二个小时才行。”

“但如果有故障发生，也只会是些小故障，我们能马上处理好。”

“您不想坐下吗?”军官问道，他从一堆藤条编成的椅子中拽出一把，递给旅行者。后者没办法拒绝，只能坐下。旅行者坐到放着机器的坑边，朝里面迅速扫了一眼。这坑不是很深，坑的一侧用成堆的泥土砌成一面墙，另一侧则放着那台机器。军官说：“我不知道指挥官有没有向您介绍过它。”旅行者做了个不置可否的手势，这可正合了军官的意，因为这样他就能亲自为旅行者介绍这台机器了。

“这台机器，”军官抓住一根连接竿，倚靠在上面说道，“是我们的老指挥官发明的。我和老指挥官一起对这台机器进行了第一次调试，之后我也一直参与，直到这台机器最终成型。但是，发明这台机器的荣誉却是归老指挥官一人所有的。你听说过我们的老指挥官吗?没有吧?好吧，这个流放地的组织和建立也是他的功劳。我这么说并没有有所求的意思。我们，也就是他的朋友们，在他去世时，都已经感觉到他对于流放地的管理有着深远的影响，以至于哪怕是他的后继者们心中有很多新的想法，也没法改变以前的方案——至少在许多年内都改变不了。我们都对此进行了预言，新任指挥官也必须要意识到这一点才行。哦，真遗憾您不认识我们的老指挥官!”

“然而，”军官话锋一转又说道，“我也就是随便说说，他发明的机器现在就在我们面前。正如你所见，它由三部分组成。随着它使用时间的增长，每个部分也都有了比较通俗的名字。最下面的部分叫作‘床’，最上面的部分叫作‘记录仪’，而中间的部分，就是会动的那部分，叫作‘耙子’。”“耙子?”旅行者好奇地问道，刚才他并没有全心全意去听军官的讲解。现在，外面的太阳热辣辣的，径直照进没有庇荫处的山谷里，这样的天气很难使人集中精神。所以，他十分敬佩军官，因为军官此时正穿着紧紧的束身外衣，肩上挂着肩章和彩色穗带，看起来就像是要去参加游行一样，但他却并不觉得热，仍然神采奕奕地讲解着，一边讲，还一边用螺丝刀拧拧这儿，拧拧那儿。

看守囚犯的士兵此时的状态就跟旅行者一样，也是昏昏沉沉的。他将绑着囚犯的铁链缠在自己的两个手腕上，一手拄着枪撑着身体，头就自然地向后仰着，心不在焉地站在那儿。旅行者对此并不奇怪，因为军官讲的是法语，很显然士兵和囚犯都不懂这门语言。

所以，囚犯在听不懂的情况下，仍然尽力听着军官讲解的这一举动，就显得十分抢眼了。囚犯昏昏欲睡地坚持看着军官所指的那些地方，当旅行者问了个问题打断了军官的话时，囚犯也看向了旅行者——就像军官所做的一样。

“是的，是‘耙子’。”军官答道，“这个名字很贴切。因为机器上的针都像耙子上的齿那样排列着，而且整个机器运转起来也像个耙子一样。尽管它并不动，基本上就像个艺术品一样。一会儿，犯人被绑在床上，您就会明白了。不过，首先我会描述一下这台机器，在那之后才会让机器运转，这样您就能更好地看到它是如何工作的了。还有，在记录仪里有一个齿轮也过度磨损了，会发出吱吱的声音。当机器开始运转后，就很难弄清到底是怎么回事了。不幸的是，在这儿很难找到替代的零件了。就像我所说的，这部分是床，整个床体部分都用一层羊毛垫包着，为什么这样做，您一会儿就会明白了。囚犯要脸朝下趴在羊毛垫上——当然，是要光着身子的。这儿的皮带是用来绑手脚的，这儿的是绑脖子的，这样就能把他牢牢地固定在这上面了。就像我刚刚说的那样，囚犯首先要脸朝下趴在这儿，在床头这里，有一小块突出的毛毡，它的位置是能够调整的，这样就能很容易地将它塞到囚犯嘴里。这块毛毡的作用就是为了防止囚犯在行刑时尖叫，咬断自己的舌头。当然，囚犯必须把毛毡塞到嘴里，否则绑着他脖子的皮带会弄断他的脖子的。”“那就是羊毛垫?”旅行者弯下腰问道。“是的，正是那个，”军官笑着回答说，“您可以自己摸摸感受一下。”

军官拉着旅行者的手，让他躺在床上感受一下。“这块羊毛垫是特制的，这也就是它不易辨认的原因。一会儿，我会抽出时间来讲讲它的作用。”旅行者已经开始对这台机器感兴趣了。他将一只手放在眼睛上挡阳光，抬头看看这台机器的高度。这是一台大机器，床和记录仪一般大，看起来像两个深色的大衣柜。记录仪被放在床上方大约两米处，四个角分别用四根闪闪发光的黄铜竿相互连接在一起。耙子就挂在一根铁条上，悬在两个大“衣柜”中间。

军官几乎没注意到旅行者刚开始时的漠不关心，但现在他却是第一次实实在在感受到了旅行者对这台机器开始产生兴趣了。于是他暂停了介绍，让旅行者能够有时间安静地观察一下机器。囚犯也跟旅行者一样仔细观察着机器，但因为他的手被绑着，没办法挡太阳，所以他只能边看边不停地眨着眼睛。

“所以说，囚犯只要躺在上面就行了。”旅行者说道。他向后靠在椅子上，悠闲地跷起二郎腿。

“是的。”军官答道。他将帽子往后推推，手在脸上擦着汗，又继续说道，“现在，听着，床和记录仪都有几块专用的电池。这些电池要为床自身供应能量，而记录仪的电池是负责为耙子供应能量的。一旦犯人被皮带牢牢地绑在上面，床就要开始工作了。它会自发地用一种快速的、幅度很小的频率上下左右振动，您在精神病院也会看到类似的仪器。有了床，整个机器才能运转得精确，因为床必须和耙子的运转十分精确协调地配合才行。不过，其实也只用耙子才真正地履行了处决的职责。”

“处决是什么？”旅行者问道。“您竟然连这个都不知道？”军官显然对此十分震惊，他咬了咬嘴唇，继续说道，“如果我的讲解会让人感到困惑，那我真的很抱歉。我真心希望您能原谅我。以前，都是老指挥官有做这样讲解的习惯，但现在的新指挥官却找借口推掉了这么光荣的任务。其实，我们能有您这样著名的人来参观，”听到军官这样抬举他，旅行者赶忙摆手推辞，但军官还是坚持这样形容他，“能有您这么著名的参观者大驾光临，恐怕都没能从这儿看出我们的处决已经跟以往不一样了。”军官很想咒骂一句，但还是控制住自己，只是说道：“我事先也没被告知，这不是我的错。不管怎样，我都理所当然是向人介绍处决方式的最好人选。因为，”他拍了拍胸前的口袋说，“我身上带着前任指挥官亲手画的图纸呢！”

“图纸是老指挥官亲手画的？”旅行者问，“那么他是不是也身兼数职呢？他既是士兵，又是法官、工程师、化学家和绘图员？”

“他的确是这样呢，”军官面带着一种坚定并若有所思的表情，点点头说。他看看自己的手，仔细检查着。这双手看起来还是不够干净，不能去拿图纸，所以他走回水桶边，又洗了一遍，之后才拿出了一个小皮卷，说，“我们的判决听起来其实并不严厉。我们只是将犯人所犯的罪行，用耙子记录在他身上而已。比如说，这名囚犯，”军官指着犯人说，“他的身上就会被刻上‘尊重你的长官’几个字。”

旅行者瞥了犯人一眼。这名犯人在军官指向他时，低下了头，看起来是在集中精力去听军官的话，希望能知道些什么，但从他噘起的厚嘴唇可以很清楚地看出，他其实什么都听不懂。

旅行者还想问些问题，但在看了犯人后，他只问道：“他知道自己要接受怎样的判决吗?”“不知道。”军官说。军官希望继续他的介绍，但旅行者却打断他道:“他不知道自己的判决?”“不知道。”军官又一次答道。他暂停了一会儿，好像是在想旅行者问这个问题的具体原因，然后说道，“事先告诉他也没用，他会亲身经历判决的。”此时，旅行者发自内心地想保持安静了，但他感觉到犯人正在盯着他看——他似乎正在问旅行者是否赞成军官所描述的处决方式。于是，刚刚一直向后靠着的旅行者，又弯下腰，继续问道:“尽管如此，但他就一点都不知道自己被定罪了?”“也不知道。”军官说道，他冲旅行者笑笑，好像在看他还能问出什么奇怪的问题。“不知道?”旅行者擦擦额头，“那么他也还不知道他要接受怎样的辩护了?”“他还没有机会为自己辩护。”军官答道，眼睛看向别的地方，好像是在自言自语，他似乎不想因为这个对他来说不言自明的解释使旅行者感到尴尬。“但他一定有机会为自己辩护的。”旅行者从椅子里站起来，说道。

军官意识到，如果他对这台机器再进行过多的介绍，他就会有危险了。于是，他走向旅行者，抓住他的胳膊，用手指着现在正僵硬地站在那里，眼睁睁看着他的囚犯（士兵正拉着囚犯的铁链）说:“情况就是这样的。尽管我还很年轻，但在流放地这地儿，我就是法官，因为我在任何情况下都支持老指挥官，而且我对这台机器最了解。我做决定时最重要的一个准则就是:罪行总是不容置疑的。其他的法庭可能不遵循这一原则，因为他们都要很多人一起才能做出判决，除此之外，他们上面还有更高级别的法庭。但在这儿就不是这样，或者说，至少是在前任指挥官时期不是这样的。新指挥官已经表现出想要搅乱我法庭的意思了，这是真的。但我到目前都成功地阻止他了，而且我以后也会一直成功的。您想让我解释一下这个情况吗?这很简单，就跟所有事一样简单。这犯人本来是一名上尉的仆人，就睡在上尉的门口，他的职责就是在每次钟敲响报时的时候，他都要站起来，对着上尉的房门敬礼。但今天早上，这名上尉来控告说他在当值的时候睡着了。这当然不是很难的工作，但却很必要，因为他既作为看守，又要报时，必须要时刻保持清醒才行。昨天晚上，上尉想检查一下他的仆人有没有履行他的职责。他在时钟报两点时打开门，发现犯人蜷曲着睡着了。他拿起马鞭抽打犯人的脸。犯人没有站起身请求原谅，而是抱住主人的腿，一边摇，一边哭喊道：'把那皮鞭扔掉，否则我就吃了你。'这些都是事实。一小时前，上尉找到我，我记录下他的陈述，然后下了那个判决。我又命人将犯人绑起来。一切都很简单。如果我一开始就召唤犯人，审问他，那么结果可能就会使人困惑了。因为他可能会撒谎，就算是我能够揭破他这个谎言，那么他也可能用新的谎言来圆这个谎。但现在呢，我抓住他了，也不打算再放掉他。这不就可以证明一切了吗？哦，时间过得真快，我们应该行刑了，但我还没介绍完这台机器呢。"

军官催促旅行者坐到椅子里，又走到机器旁，说道："正如您所见，耙子的形状与人的形状是一致的。耙子的这部分用于上半身，这里用于腿部，还有一小块是专门为头部设计的。这样说您能明白吗？"他友好地向旅行者身边倾一倾身体，准备做最全面的解释。

旅行者看着耙子皱起了眉头。关于司法程序的讲解让他觉得很不满。然而，他不得不告诉自己，这都是流放地自己的事儿，在这里，特殊的规则是很必要的，而且事无巨细，都必须要优先使用军事措施。然而，除此之外，他对于新任指挥官还抱有希望，因为，虽然他的行动比较慢，但他显然是有引进新程序的打算的。而凭军官的这点儿能力，他是不能阻止新任指挥官的。

旅行者循着这样一种思路继续问道："指挥官会来处决现场吗？""这不确定，"军官答道，对于这个突如其来的问题，他觉得很尴尬，带着友善表情的脸上也露出了苦相。"这也就是为什么我们要快点行刑的原因。我也很后悔，因此一会儿我会尽可能简短地介绍。不过等到明天这台机器又被清理干净了，我还会做详细的补充的——它最大的缺点就是太容易被弄脏了。现在，我们还有最重要的事要做。当犯人躺在床上，耙子就会振动着在犯人身上刻字了。耙子会自动调节位置，针尖刚好轻轻地触碰到犯人的身体。一旦机器调整好位置，耙子上的钢丝绳就会自动绷紧成一条钢棍。这下，好戏就开场了。不知情的人只从外表看是分不出各种刑罚间的区别的。”

“耙子颤动着用针尖在犯人身上刻字，而犯人的身体也会随着床的颤动而颤动。为了使人们能够检查处决的执行情况，耙子是用玻璃制成的，这也为固定耙子上的针增加了一些技术难度，但经过多次尝试，我们还是取得了成功。我们本来就是不辞辛苦的！现在，每个人都能通过玻璃看到是怎样在犯人身上刺字的了。您愿意靠近些亲眼看看吗？”

旅行者慢慢站起身，走上前，俯身看着耙子。“您看，”军官说道，“有两种针排列成不同的形状，每根长针旁边都有一根短针，长针用来刻字，短针则负责喷水冲走流出的血，使刻出的字保持清晰。血水被引入几道小沟槽，最终流进主排水沟中，有根排水管会把血水输出坑外。”军官用手指出了血水流经的准确线路给旅行者看。为了使他的描述变得生动，军官在排水管口处用两只手做了个接水的姿势。而此时，旅行者却抬起头，把手放在背后摸索着，想要找到椅子坐下。他吃惊地看到犯人跟他一样，也接受了军官的邀请上前近距离观察耙子上针的排列。犯人把攥着铁链、昏昏欲睡的士兵往前拽了一些，俯身看着玻璃耙子。他用疑惑的眼光试图寻找着两位绅士刚刚在观察的东西，但由于缺少解说，他并没能找到。他左右张望，眼睛来回在玻璃耙子上看来看去。旅行者想把他推回去，因为他这样做是会受罚的。但军官却一手牢牢攥着旅行者，另一手从墙上抓了团土扔到士兵身上。士兵被吓了一跳，睁开眼，正看到犯人竟有如此大胆的举动，于是他扔掉步枪，脚跟死死地杵着地，将犯人往后拉，犯人立刻就跌倒了。士兵走到犯人身边，低头瞅着犯人滚来滚去，身上的铁链叮叮作响。“把他拉起来！”军官喊道，他发现犯人很容易让旅行者分心。旅行者甚至连身体已经悬在耙子上了都没注意到，只是一心想知道犯人这边发生了什么事。“看紧他!”军官又冲士兵吼道，他绕过机器跑到犯人面前，亲自抓着犯人的胳肢窝，在士兵的帮助下，把身体一直往下滑的犯人拽了起来。

“现在，我已经全都了解了。”当军官又转身走向他时，旅行者说道。“除了最重要的。”军官说，他又抓住旅行者的胳膊，向上指着。“在记录仪上的那个机械装置决定了耙子如何运转，而这个装置是根据判决内容，即图纸来设计的。我还在用老指挥官设计的图纸，就在这里。”说着，他从皮夹中拽出几张纸，“很抱歉，我不能把它们给您，因为它们对我来说是很宝贵的。请坐，我可以从这个距离展示给您看，这样您就能看清楚了。”他给旅行者看了第一张图纸。旅行者本想说些夸奖的话，但他所看到的却是一堆乱七八糟、相互交叉的线。整张纸上都布满了线条，想找到一块空白的地方都很难。“请您读一下。”军官说。“我看不懂。”旅行者答道。“但它画得很清楚。”军官并不罢休。“它的确是经过精心设计的，”旅行者推诿道，“但我没法解读它。”

“当然，”军官答道，微笑着又将图纸放回皮夹里，“这的确是很专业的，必须要花很长时间才能看懂。您到最后也会清楚地理解它的。当然，这图纸肯定是很不简单的。您看，它并不是一下子就把犯人杀死了，一般来说是在十二个小时之后，转折点被设定在第六个小时的时候。在基本的文字周围还要有许许多多的装饰，要刻的字只是像一条窄窄的腰带一样围在身体上，而身体的其他部分就需要有装饰了。您现在能够欣赏耙子和整台机器的作用了吧？看啊!”他跳到梯子上，转动了一个轮子，朝下面喊道，“小心！往边上靠些!”机器开始运转了。如果那个轮子没有吱吱作响的话，一切就更加不可思议了。军官好像被轮子的吱吱声惊吓到了，于是举起拳头做了一个恐吓的姿势。他挥着胳膊，朝下面的旅行者道歉，然后，又迅速从梯子上爬下来，这样就能在下面更好地观察机器的运转情况。

机器还有些问题，这只有军官才能看出来。军官又爬上了梯子，将两手放进记录仪里。接着，为了能够更快地下来，他没有用梯子，而是顺着一根杆子滑了下来。为了使旅行者在阵阵的噪音中也能听清他的话，军官竭力朝旅行者耳朵喊道："您现在知道整个程序了吧？耙子要开始刻字了。当耙子在犯人的背上写完第一部分字后，那层羊毛垫就会卷起来，慢慢地将犯人翻过来，让耙子有新的地方继续刻字。同时，那些因为刻了字而受伤的地方也正好贴在羊毛垫上，因为羊毛垫是特别设计的，伤口很快就会止血，这样就能进一步加深文字了。"

"因为犯人的身体一直在旋转，耙子的尖头能够将伤口上的棉花撕下来，扔进坑里，这样耙子就能在那里继续刻字了。就这样，不断加深刻字的过程会持续十二个小时。头六个小时，囚犯基本上是清醒的，他能感受到的只有疼痛。再过两个小时后，塞在犯人嘴里的毡子就可以拿出去了，因为这时犯人已经没有多少体力喊叫了。我们会在床头电加热的碗里放一些热米饭。如果犯人喜欢的话，可以用舌头去舔食。没有哪个犯人会放弃这个机会，至少我是一个都没见过，这种事我经历得多了。在六个小时后，他就会对吃东西失去兴趣。通常我都会跪在地上观察这个现象。犯人很少会咽下最后一口。他会让饭在嘴里滚一滚，然后一口吐到坑里。这时我必须赶快躲开，否则他就会吐到我脸上了。但六个小时后，这犯人会变得多么安静啊！最愚蠢的犯人也开始清醒了，先从眼睛开始，然后扩散到四周。这种表情会使人情不自禁地产生也要躺在耙子下的想法。没有别的情况发生，犯人就开始辨认身上的文字了，他噘起嘴，好像是想听到些什么。您已经看到了，那文字单用眼睛看尚且不易，何况我们的犯人是用伤口去解读。这当真需要下很大功夫，这需要六个小时去完成。但接着，耙子就会把他整个叉起来，扔到坑里去，将坑里的血水和棉花都溅起来了。判决到此就算结束了，最后，我和士兵会迅速地把犯人给埋了。"

旅行者将手插到上衣兜里，侧着耳朵听着军官的话，一边观察着正在运转的机器。囚犯也注意听着，但却一点也听不懂。他稍稍俯下身，目光一直随着耙子上的针移动。士兵收到军官的指令，从犯人背后用刀划破他的衬衫和裤子，使它们从犯人身上掉下来。犯人想抓住掉落的衣服遮挡赤裸的身体，士兵却把他举起来，抖落掉他身上最后一块布片。军官关掉了机器，在一片寂静中，犯人被放到了耙子下面。犯人身上的铁链被拿掉了，取而代之的是将他牢牢绑在机器上的皮带。刚开始，犯人还感觉到很轻松。这时，耙子降下了一点，因为犯人的身材很瘦小。当针尖碰到他时，他的皮肤上顿时起了一阵寒颤。他的右手被士兵攥住了，犯人就漫无目的地伸出了左手。他的手所指之处，正是旅行者所站的方向。

军官在一旁盯着旅行者，眼光一直没有离开过他，好像要试图从旅行者的表情中读出他对这处决的看法，至少他已经向旅行者浅显地介绍过了。

本来绑着犯人手腕的皮带突然断开了，也许是因为士兵刚刚拉得太用力了。他将断掉的皮带拿给军官看，寻求军官的帮助。于是军官走过去，回头对旅行者说："这台机器实在是太复杂了，所以总免不了会时不时出点问题，但这并不能影响对它的整体评价。不管怎么说，我们都能马上找到皮带的替代品。我要用一根铁链代替——尽管这会使右手随机器的运动受到一定的阻碍。"军官一边放着铁链，一边继续说道："目前，我们用于维护这台机器的经费是很有限的。老指挥官还在任时，机器养护有一项专用资金。以前这里有一个储藏室，机器的所有备用配件在那里都能找到。我必须承认，以前我实在是太浪费那些部件了，我指的是过去，而不是新任指挥官所断言的现在。对于新任指挥官来讲，所有的一切都是他用来对抗旧秩序的借口。现在，他亲自掌管机器的资金了，如果我问他多要一条新皮带，他就会要求我把断的那条拿出来做证据。而且新皮带要十天后才能拿来，质地也很差，用着很不顺手。但我在这十天之内要用机器怎么办呢？这就没有人关心了。"

旅行者暗自想道：断然干预别人的事总是会出问题的。他既不是流放地的居民，又不居住在流放地所属的州。如果他想要谴责，甚至是阻止处决，人们就会对他说：你是个外人，闭嘴吧！这样他就无话可说了，只能打圆场说自己本无意干预，他来这儿只是为了考察，并不想以任何方式干预别人的司法体系。只是，这里此时的情况的确诱人。这场处决既不公正，又惨无人道，这是毋庸置疑的。若旅行者出面干预，没有人会质疑他这么做是出于自身利益的考虑，因为他和犯人根本就不认识，既非同胞，他又不是轻易会对人同情的人。旅行者身上有高层官员签发的推荐信，他到这里来得到了礼貌热情的招待。其实，人们邀请他来观看处决也只是想知道他对此的看法。他其实可以对自己的看法直言不讳的，因为他清楚地听到，指挥官并不支持这种方式，而且他对军官几乎是带有敌意的。

这时，旅行者听到军官一声怒吼。

军官刚刚费了很大劲儿才把毛毡从犯人嘴里拽出来，犯人顿时抑制不住地一阵干呕，闭上眼睛吐了出来。军官急忙将犯人从垫子上拽起来，将他的头转向坑中。但这太迟了，呕吐物已经顺着机器流下来了。“这都是指挥官的错！”军官喊道，疯狂地摇着面前的几根铜杆。“现在我的机器像猪圈一样肮脏了。”他用颤抖的手给旅行者指了指机器上的呕吐物，“我花了好几个小时劝告指挥官不要在处决前一天给犯人吃太多东西，可他就是听不进去。这位奉行宽松政策的指挥官总是跟我对着干。在犯人被带走前，他的女人还往犯人嘴里塞了一大口甜食。他的一生都只吃臭鱼了，临死前理应给他吃点好的，这我并不反对，但为什么不能给我换一块新毛毡呢？我已经向他要了三个月了！已经有一百多个犯人临死前咬过这块毛毡了，将它放到嘴里，谁都会感到恶心的啊！”

犯人低下了头，看起来很平静。士兵正忙着用犯人的衬衫清理着机器，军官向旅行者走来。旅行者心理有种不祥的预感，下意识向后退了几步。军官却抓住了他的手，把他拉到一边。“我想私下里跟您谈几句，可以吗？”军官说道。“当然。”旅行者低垂目光听着。

“您正在欣赏的这种审判程序和处决方式，在流放地也没有太多公开的支持者。我是唯一守护这个方式的人，也就是老指挥官的唯一继承者。我再也想不出比这更周全的程序了，我会尽我所能使之维持现状。老指挥官还在世时，这里到处是他的支持者。我虽有老指挥官的那种说服力，但却没有他的权力，所以，支持者们就逐渐隐匿起来了。其实支持者还有很多，只是他们不肯承认罢了。要是你今天，或是任何一个处决的日子，到一个茶楼去，仔细听听，也许他们讨论的尽是对处决模棱两可的评论。他们都是忠于老指挥官的支持者，但在现任指挥官的统治下，考虑到他的想法，这些人对我来说就毫无用处了。现在我问您，”军官指着机器问道，“这样一个耗毕生精力所做的杰作，会不会因为指挥官和他的女人们就变得一无是处了？人们应该让这种事发生吗？即便是只在这里呆几天的外人，也不能放任不管吧？但已经没有时间了。”

“人们已经准备好要反对我的司法程序了。指挥官在总部进行了好几次讨论，都没有让我参加。即便是今天您的到来，也使我更好地看清了现在的情况。这里的人都是胆小鬼，所以就把您这样的一个外人派来探查情况了。您真应该看看早年间的处决！在处决的前一天，这里就已经是人山人海了。大家都是来看处决的。一大早，指挥官和女眷们就出现在现场。整个营地都被喇叭声唤醒。我负责向指挥官报告一切准备就绪。整个社会上的名流——高官们是必须要参加的——都会围到坑边观看。这对藤椅就是那时候准备的。那时，整个机器都被擦得干干净净、闪闪发亮。几乎每次处决时，我都有新的零件可以替换。所有观众都在那边的山上踮着脚往这里看，在几百双眼睛的注视下，指挥官亲自将犯人放到耙子下面。现在一个普通士兵能干的事，那时却要我这个军官去做，可我觉得很光荣。接着，处决开始了，没有不和谐的音符打扰机器的运转。有些观众甚至都不再看了，而是闭着眼睛躺在沙滩上。他们知道：现在，正义已经得到伸张了。一片岑寂中，人们只能听到从犯人堵住的嘴里溢出的呻吟声。现在，机器已经不能从犯人的嘴里挤出呻吟声了——这毛毡快要将犯人窒息了。但那时，刻字用的针滴出的是一种有腐蚀性的液体，这种液体现在已经不允许使用了。好吧，很快就到了第六个小时了。每个人都想凑近观看，但这是不可能办到的。聪明的指挥官是这样安排的：首先要满足孩子的要求。自然，由于我的职位较高，我是可以靠近观看的。我通常蹲在那里，一手抱一个孩子观看。当我们看到犯人受尽折磨的脸上畸形的表情时，是多么高兴啊！我们的脸颊沐浴在这终将到来但又很快消失的正义之光中时，是多么的幸福啊！那是怎样美好的一段时光啊，我的伙伴！”

军官显然已经忘了站在他面前的是谁。他一只胳膊环过旅行者的身体，把头搭在旅行者肩膀上，这使旅行者感到十分尴尬。旅行者不耐烦地看了一眼军官的头。士兵已经将机器清理干净了，又从一个罐头盒里倒出些稀饭在碗里。犯人似乎已经完全恢复过来了，他一注意到碗里的饭，便马上用舌头舔了起来。

因为现在还没到给犯人稀饭吃的时候，所以士兵不断地将犯人推开。但不管怎样，士兵在饥肠辘辘的犯人面前将脏手伸进碗里抢饭吃，都是不合适的。

军官迅速振作起来，“无论如何，我都不想让你为难。”他说。“我知道，现在已经很难让人了解那个时代了。但是，这台机器还在运转，它还是有用的。尽管它现在孤零零地伫立在这山谷里，它还是在发挥作用。即便不再像过去那样，有成百上千的人像苍蝇一样围在坑边，但处决结束之后，尸体还是会以一种难以置信的柔软姿态飞落到坑里去，所以，我们不得不在坑边竖起坚固的围栏，但很早以前围栏就被推倒了。”

旅行者不想再迎向军官的视线，于是便漫无目的地四处看。军官以为他在看山谷里的废墟，于是他又抓起旅行者的手，让旅行者转过身对上他的视线，问道：“您注意到这里的屈辱了吗？”

旅行者什么话也没说，军官只好不去管他，他自己两腿分开，两手叉腰，一动不动地站在那里看着地面。接着，他冲旅行者笑笑，高兴地说："昨天指挥官邀请您时，我就在旁边。我听到他邀请您来了。我了解指挥官，所以我立刻就明白了他请您来的目的。尽管他有足够大的权力能够采取措施对抗我，但他还没这个胆量。我猜，他是想让我听听您这个受人尊敬的外人的评价，他是经过了精心谋划的。您到岛上才两天，还不了解老指挥官和他的思维方式。您被欧洲看待事物的方式给束缚住了。也许，您根本就是反对死刑的，尤其是这种以机器处决的方式。此外，您也看到了，这是多么可悲的处决啊——既没有观众，所有的机器还是破败的。当您看到这一切后（就像指挥官想的那样），您还会轻易地认为我的审判方式是正确的吗？如果您不赞同我，您也就不会这样保持沉默了——我一直是站在指挥官的立场上说这些话的——因为您无疑还信奉着您的那种'经过反复验证再定罪'的程序才是正确的。的确，您见过很多奇怪的人和事，您懂得要尊重他们，因此，您不会像在您的故乡那样，站出来公然反对我的这种做法，但指挥官不需要您那么做。只是一句不经意的话语，一个无心的评论，就已经足够了。您不必去迎合他的意愿，坚持您自己的信念就好。我坚信，他会用尽一切办法去询问你，而他的女眷们也会围坐在您的周围，竖着耳朵听您的高见。"

"您也许会说：'我们的司法程序是不同的'，'我们是先裁决再宣判'，或是'只有中世纪时期我们才用酷刑'这样的话，这些在您看来理所应当的话，对我来说却是天真之谈，是没法驳斥我的审判程序的。但指挥官会怎样看待这些话呢？我了解他，我可以想象这位出色的指挥官听到这些话后，会立刻推开他的凳子，跑到阳台上，他的女眷们会尖叫着追随他。我几乎能听到他的声音，他的女眷们认为那是雷霆般的声音。接着，他会说：'一位研究过世界各国司法程序的西方探险家刚刚说了，我们按老风俗进行的审判是惨无人道的。在如此道德高尚的人做出这样的评论之后，我是无论如何也不能容忍这种程序继续存在下去了。所以，我下令，从今天起……'您想干预他，说您并没像他所说的那样，称这种审判是惨无人道的；相反，凭您深刻的洞察力，您倒是认为它是最人道，最值得人类采用的一种审判方式，您也崇拜这台机器。但这太迟了，您甚至都没机会走上那个阳台，因为上面已经挤满了他的女眷。您想引起他的注意，想要大声呼喊，但一位女士用手堵住了您的嘴，不让您出声。我和老指挥官的努力就这样白费了。”

旅行者只得忍住笑。照这样看，他原本认为十分困难的任务就这样轻而易举地完成了。他推诿道：“您太高估我的影响力了。指挥官已经读过我的推荐信，他知道我并不是研究司法程序的。即便我能提些意见，那也是外行的观点，和其他任何人的观点一样，毫无重要性可言。据我了解，指挥官在流放地握有大权，对他来讲，我的这些意见也是无足轻重的。”

话已至此，军官是不是明白了呢？不，他还未弄清楚。他使劲儿摇摇头，向后瞅了一眼犯人和士兵，吓得这两个人都退缩了，不敢再吃碗里的饭。军官走到旅行者跟前，没看他的脸，只是盯着他身上的某处看，声音更加低沉地说：“您不了解指挥官。从某种角度讲，您对于指挥官和我们大家来讲——请原谅我这样措辞——有些天真了。相信我，我并没有高估您的影响力。事实上，当我听到您会亲自来观看处决，我真是高兴极了。指挥官下这个命令本是为了针对我，但现在却反而对我有利了。”

“您并没有因错误的暗示或蔑视的眼光而分心——如果有更多人来观看处决，这些本是可以避免的——而是听完了我的介绍，看到了机器，现在又要看行刑了。您无疑已经做好裁定了，就算还有点不确定因素，在看过处决后也能够消除了。那么我请求您，帮我一起对抗指挥官吧！”

旅行者打断了军官的话。“我怎么能办得到呢？”他喊道，“这完全是不可能的。我帮不到你，至少也不会害你。”

“您能办到的。”军官说。旅行者注意到军官攥紧了拳头，心里隐隐有些害怕。“您能办到的，”军官重复道，态度更加强势了，“我有个计划，一定会成功的。您认为您的影响力微不足道，不过我知道这已经足够了。就算您是对的，但为了保留这一司法程序，难道不值得去尝试些理由不太充分的方法吗？所以，听听我的计划吧。要实施这一计划，首先，今天在流放地，您要尽可能地绝口不谈您对于这一审判程序的评价，这是很必要的。除非是有人直接问您，否则您无论如何都不能发表任何看法。如果您不得不说，回答的内容也一定要简短和模棱两可。您要让人觉得，您不愿意谈论这个话题，谈论是会感到痛苦；如果有人公开问您，您也要表现得很愤慨。我不是让您撒谎，一点也没有这个意思。您只需要作简答地回答就好，比如：‘是的，我看过处决了’或者‘是的，我已经听过完整的介绍了’。这些就够了，这些就已经能让人们看出您的不满了，即使这并不是指挥官想要的。当然，他会误解您的意思，并且用他自己的方式去解读。我的计划就是基于此的。明天，在总部会有一场由指挥官主持的大会，所有的高层官员都会出席。他当然会在会上作‘精彩的表演’。舞台已经搭好，观众都已就位了。到时，虽然我很讨厌他们，但我会坚决要求参加会上讨论的。不论如何，他们都会邀请您参加会议。如果您今天听从我的安排，并且照我说的做的话，他们一定会迫切地邀请您参加的。但如果有特殊情况的话，您也要尽力获得邀请，这样，您就肯定能来参加会议了。到时，您会和女眷们一起坐在指挥官的包间里。他会时不时地抬头确认您是否出席。在讨论完各种为观众准备的无关紧要、令人发笑的日程后——通常是海港建设问题，永远都只有这一个话题——司法程序就会提上议程。即便不是由指挥官本人提出，或是没有很快提出，我都会保证它被提出来的。我会站起来，汇报今天的处决情况，当然只是一句简短的汇报。”

“在大会上通常是不会做这种汇报的，但不管怎样，我都要做。指挥官会像往常一样感谢我，朝我友善地微笑。之后，他就没法控制自己了，一定会抓住这个机会。他会说这样或类似的话：‘刚刚有人汇报了处决的情况。我想补充一下，事实上，大家都知道，来参加这次处决的还有一位伟大的探险家，他的到来是我们流放地的荣幸。就连今天的会议，也因为他的到来而更有意义了。现在，我们要不要请这伟大的探险家，对这基于旧风俗而进行的处决做个评价呢?’这时当然会全场掌声同意您来发言。我会比别人的掌声更响。指挥官会向你鞠躬，说：‘那么，我以各位的名义向您提一个问题。’这时，您就走到包间的栏杆旁，伸出手让所有人都看到，否则，这些女士们就会抓住你的手，把玩您的手指了。最后，您就要做评价了。我不知道到时您能不能克服紧张。在您演讲的过程中，一定不要退缩，就实话实说，倚着栏杆大声喊出来——对，对，就冲着指挥官将您的想法喊出来，将您不可撼动的想法告诉他。不过，也许您并不想这么做，这不符合您的性格。也许，在您的国家，人们遇到这种情况会有不一样的表现，这都没关系，已经很令人满意了。别一直站着说，就说几句就好。小声说，就让坐在您下面的官员能够听到就好，这就足够了。您甚至都不用提处决缺乏公众的支持，或是吱吱作响的机器、断掉的皮带以及令人作呕的毛毡。我负责做进一步的解释，相信我，即便我的演讲不能将他撵出房间，也能让他跪地承认：‘老指挥官，我向您屈服了。’这就是我的计划。您愿意帮我将它付诸实践吗？您当然愿意，何止愿意，您必须帮我!”

军官用两臂抓住旅行者，看着他，粗重的呼吸喷在旅行者的脸上。他最后那一句喊得十分用力，以至于士兵和犯人都注意到了。尽管他们什么也听不懂，可还是停下吃饭，一边咀嚼着，一边看向旅行者。

旅行者从一开始就知道自己应该怎样作答，他这一生经历过太多了，所以他不会在这里动摇。他基本上是诚实无畏的，但在士兵和犯人的注视下，他还是有了片刻的迟疑。不过最后，他终是下定了决心，他必须这样回答：“不！我不会帮助您。”军官眨了眨眼睛，但目光却并未从旅行者身上移开。“你想听我解释吗?”旅行者问道。

军官麻木地点点头。“我反对这种司法程序，”旅行者说，“即便是在您没向我透露您的秘密计划前——当然，在任何情况下，我都不会透露您的秘密的——我已经在考虑是否要干预这儿的程序了。我甚至考虑过，我的干预会不会起一点儿作用。如果真的有用，那么我很清楚自己要向谁寻求帮助：当然是向指挥官求助。您刚刚的所作所为更使我明白了这一点。当然，您的所作所为并没有坚定我要求助于指挥官的决心，恰恰相反，您真诚的信念使我感动。不过，不管怎样，我都会坚持自己的想法，不会动摇。”

军官不再说话，而是转身走向机器，抓起一根铜竿，稍稍往后倚在上面。他抬头看着记录仪，好像在检查一切是否正常。士兵和犯人好像已经成了朋友。犯人向士兵示意，虽然在被皮带绑住的情况下，这样做很艰难。士兵朝他弯下腰，犯人向他耳语了几句，士兵听后点点头。旅行者走到军官身边，说：“您还不知道我要做什么呢。是的，我会告诉指挥官我对这司法程序的看法，但不是在大会上说，而是私下里跟他讲。此外，我也不会在这里久留，这样就不会被邀请参加任何会议了。明天一早我就离开，至少也会登上离开的船。”

军官好像没有听到旅行者的话。“所以说，我还是没能说服您。”他自言自语地说，脸上带着微笑，仿佛是一个老人在笑一个做错事的孩子似的，将自己真实的想法隐藏在微笑之下。

“好吧，是时候了。”军官终于开口了，他突然抬头看向旅行者，眼睛闪闪发亮，像是盛满了某种希冀、某种希望他参与的请求。“是时候干什么？”旅行者不安地问，但没有得到回答。

“你自由了。”军官用犯人的母语对犯人说，起初，犯人还不相信军官的话。“你现在自由了。”军官又说道。犯人的脸上第一次有了生气，这是真的吗？还是军官的一时兴起，随时都会有变数？是那外国旅行者让我得到缓刑了？到底是怎么回事？犯人的脸上满是疑问。但这样的表情并没有持续太久。不管现在是什么情况，只有军官愿意放了他，他就能真正获得自由，于是，犯人开始在耙子允许的范围内挣扎起来。

“你要把我的皮带弄坏了！”军官喊道，“别动！我们马上就给你解开。”军官示意士兵一下，跟士兵一起动手解了起来。犯人一声不吭，自己轻声笑着。他看了看军官，又看了看士兵，但也没忘记把头转回来，看看旅行者。

“把他拉下来。”军官命令道。因为有耙子，所以这个动作要十分小心。由于自己刚刚缺乏耐心，犯人的背上已经有几道小伤口了。

从这时起，军官就不再管犯人了。他走到旅行者面前，又拿出了那个皮夹，在里面翻了翻，终于找到了那几张图纸。他把图纸拿给旅行者看，说：“读一下。”“我看不清。”旅行者答道，“我都已经说过了，我看不清楚。”“请您仔细看看这几张纸。”军官说，他走到旅行者身边，以便能和旅行者一起看。可是这样也无济于事。于是，他用小指悬空指着图纸，好像这图纸是无论如何都不能玷污一样，他用这种方式指点旅行者阅读。旅行者还是不配合，这使军官很不满意，但他也没有别的办法了。军官开始读上面的字，一遍一遍地大声读着。“要公正！上面是这样写的，”他说，“现在您能读了吧？”旅行者弯下腰去看。军官怕他贴得太近会碰到图纸，于是将图纸移开了。旅行者再没话，很明显他还是读不出来。“要公正！上面是这么写的。”军官又提醒了一遍。

“也许是吧，”旅行者说，“我相信上面是这样写的。”“很好。”军官说，至少在一定程度上，他有些满意了。他爬到梯子上，举起图纸，小心翼翼地将图纸放到记录仪里，让整个机器的齿轮都运转起来。这是一项艰苦的工作，他必须照顾到每个细小的齿轮。有时，他必须近距离观察装置，整个人都像消失在记录仪里了一样。

站在下面的旅行者眼睛一直没离开过在上面忙碌的军官。他的脖子有些僵硬，眼睛也因阳光的照射而感到疼痛。士兵和犯人在一起忙着什么。士兵用刀尖从洞里挑出犯人的衣服和裤子。衬衫很脏，于是犯人走到水桶边洗起衬衫来。当他把衣服穿上，他和士兵两个人都忍不住大笑起来，因为衬衫和裤子的后面都被撕破了。也许，在犯人看来，他是有义务使士兵感到高兴的。他穿着破破烂烂的衣服绕着士兵跑，士兵笑得都跪到了地上，拍打着膝盖。如果不是考虑到还有两位绅士在场，他们就会闹得无法无天了。

军官终于结束了在机器上的工作，他笑着又看了看整台的各个部分，接着将此前一直敞开着的记录仪的盖子砰地关上了。他从梯子上爬下来，看看地上的坑，又看看犯人。他看到犯人已经穿好衣服了，这令他很满意。他走到水桶边想要洗洗手，但却发现桶里的水已经很脏了。他很难过，因为这样就不能洗手了。他只好将手埋在沙子里，这样并不能把手弄干净，但在目前的情况下，他也没有别的办法了。接着，他站起身，解开制服上的纽扣，起先压在衣领下的那两条女士手帕掉落到他的手上。“给你，这是你的手帕。”他说着将手帕丢到犯人身上，然后回身对旅行者解释道，“都是女士们送的礼物。”

军官迅速脱下制服外套和身上其他衣服，每一件都叠得很仔细，他还用手指轻轻抚摸着束腰上的穗带，将上面的流苏摆正。但当他将每件衣服都整理好后，却一改刚才的态度，愤怒地将它们都扔到坑里，最后一件被他丢掉的是他的短剑和甲胄。他从剑鞘中抽出短剑，砸成几段，然后把剑鞘、断剑和甲胄归拢到一起，用力将它们都扔进坑中。

现在，他一丝不挂了。旅行者闭着嘴，一句话也不说。他似乎已经意识到将要发生什么，但不管怎样，他都无权阻止军官。也许在他的干预下，军官一直坚持的司法程序就要被取消了。若是这样，那么军官现在所做的就是正确的。若是换了旅行者自己，他应该也会这样做吧。

起初，犯人和士兵什么都没弄明白，他们甚至都没往这边看。犯人十分高兴能够拿回手帕，但这种快乐并没有持续太久，手中的手帕就被士兵抢走了，这是他万万没有想到的。士兵怕手帕被抢走，于是就把手帕绑在腰带上。犯人试着从士兵那里抢回手帕，但士兵的身手太矫健，他抢不到。于是他们俩就半开玩笑地打闹起来，直到军官一丝不挂了，他们才注意到。特别是犯人，他预感到有件重要的事将要发生，过去发生的事，现在就要发生在军官身上了。也许这次，这个判决过程会进行到最后。

外国旅行者可能已经下了命令。这么看来，他的仇是要报了。他自己没经历那种痛苦，到头来还报了仇。犯人的脸上露出了一个大大的、无声的笑容，久久没有褪去。

然而，军官已经走向了机器。虽然早就知道他对这台机器很熟悉，但看到他如何操纵机器，机器又是如何运转的，仍会使人大吃一惊。他只是把手放到耙子附近，耙子就上下移动了几下，调到了适当的位置，刚好能容得下他。他一抓住床的边缘，床就开始振动了，毛毡也自动移动到他嘴的位置。可以看出军官是多么排斥那块毛毡，但他只犹豫了一会儿，就妥协了，将它咬在嘴里。一切都已就绪，除了捆绑用的皮带还垂在两侧，不过显然已经不需要它们了——军官根本就不需要被绑起来。犯人看到了垂在两旁的皮带，觉得如果不将它们绑上，处决就是不完整的，于是，他便催促士兵帮他一起将军官绑上。军官正伸出脚去够曲柄，使记录仪运转起来，一看这两个人走过来，就急忙收回腿，让他们把他绑起来。不过，这样他就够不到曲柄了。士兵和犯人都不知道曲柄在哪，而旅行者早已打定主意不去碰那台机器，在他看来这是没有必要的。皮带刚绑上，机器就开始运转了。床振动着，耙子上下摆动，上面的针也随之在军官的皮肤上飞舞起来。旅行者目不转睛地看着，随后突然意识到机器上有一个齿轮本应是吱吱作响的，但万籁俱寂，丝毫听不到一点动静。

机器一直安静运转着，不再引起大家的注意。旅行者看了看士兵和犯人。两个人中，犯人看起来更有活力。他完全被整个机器所吸引了，一会儿弯下腰，一会儿又站起身，不断伸出食指，向士兵指点些什么。现在的状况，对旅行者来说是很尴尬的。他已经决定留在这儿，直到处决结束，但他实在忍受不了这两人的行为。“回家去吧!”

他说。士兵似乎已经准备要回去了，但犯人却把这命令看成是种惩罚。犯人两手合十，请求旅行者能让他留在这儿。看到旅行者摇了摇头，不打算同意时，他甚至跪了下来。旅行者发现命令这两人离开已经没用了，于是他打算起身驱赶二人。

这时，从记录仪里传来一阵噪声。他抬起头看去。难道上面的齿轮发生故障了？但他却看到另外一番景象。

记录仪的盖子缓缓升起，最后完全敞开了，一个齿轮露出齿来，接着慢慢上升。很快，整个齿轮就露了出来，就像是有一股巨大的力在操控着记录仪，里面已经没有空间容纳这个齿轮了一样。齿轮滚到记录仪边上，掉了下来，又在沙子上滚了一段才停下了。而这时，另一个齿轮也从记录仪里升了起来。接着，大齿轮、小齿轮，各种各样的齿轮都随之升了起来，滚到了地上。每当人们觉得记录仪里已经空了时，就会有新一组齿轮升起，更多的零件掉落下来，滚到沙地上，最后停止不动。这一切的发生，使得犯人忘记了旅行者之前的命令。这些源源不断冒出的齿轮让他感到很兴奋。他一直想抓住一个，同时也催促士兵帮助他。但每当他要接住一个齿轮时，就有另一个齿轮跟着掉下来，所以他总是吓得缩回手，最后一个也没抓到。

与他们相比，旅行者显得很不安。显然，这台机器要坏掉了。它之前安静地运转是个假象。他觉得自己现在应该照顾一下军官，因为军官现在显然是不能照顾自己了，但那些掉落的齿轮吸引了他全部的注意，他已经顾不上看机器的其他部分了。当最后一个齿轮从记录仪里掉出来后，他俯身看向耙子，那里有一个新的、更令人感到不快的惊喜。耙子已经不是在刻字，而是在往军官身上乱刺了；床不再转动军官的身体，而是把他往上举。床一边振动，一边把他的身体向上举——直接举向针头！如果可能的话，旅行者想插手让整台机器停下来。这种折磨并不是军官想要得到的，这纯粹就是一场谋杀！旅行者伸出手想要救军官，但这时耙子已经叉起军官，将他往一边举了，这通常是要到第十二个小时才会发生的。本来用来冲洗血液的水管此时成了摆设，顿时，鲜血流成了河。接着，发生了最后一件异常的事：军官的尸体并没有从针上掉下来，虽然鲜血直流，但他的尸体却仍然悬在坑上。耙子想要移回原来的位置，但就好像是知道自己没法摆脱身上的重负一样，只是停留在坑上。

“快来帮忙!”旅行者朝士兵和犯人大喊，自己抓住了军官的脚。他想着，如果自己按着军官的脚，另外两个人抓住军官的头，那么慢慢地就能把军官的尸体从针上弄下来，但另外两个人却不知道是否要过来帮忙，犯人立刻就跑开了。

旅行者只能走向他们，用力将他俩抓到军官的头边。就在这时，他看到了军官的脸，这是他所不愿看到的。他的脸就像生前一样，没有任何所预期的悔过的痕迹。其他人从这机器里得到的，他并没有得到。他的嘴唇紧紧地抿在一起，眼睛圆睁，他的目光就像活着时那样镇定而自信，一根巨大的铁针，从他的额头正中穿过。

* * *

当旅行者领着士兵和犯人向流放地第一批建造的房子走去时，士兵指着其中一个说：“那就是那间茶楼!”

在这栋房子的一层，有一个像笼子一样又深又矮的房间，房间的四壁和棚顶已被烟熏黑了。临街那一面，房间是完全敞开的。尽管这间茶楼与流放地其他的房屋没有什么区别（除了指挥官壮观的雕像，这里其他的房子都像复制出来的一样），但旅行者还是被这里的历史印记深深折服，他感受到了时间的力量。他和他的两个同伴走近了些，流连于摆放在茶楼前的空荡的桌椅之间，深吸了一口从茶楼里传出的阴冷发霉的空气。“老指挥官就葬在这儿。”士兵说，“牧师不许人们把他葬在公墓中。很长一段时间，人们都不知道该把他埋在哪儿，最后，就把他葬在这儿了。当然，军官没跟你说过这事，因为他是最应为此感到耻辱的人。他有好几次都想在夜里来这儿偷偷把老指挥官的尸体挖出来，但每次都被人赶走了。”“他的坟墓在哪?”旅行者问道，他显然不相信士兵的话。听到他的问题，士兵和犯人立刻跑到他前面，伸出手，指向坟墓所在的位置。他们领着旅行者走到房子后面的墙边，有一些客人正坐在这儿。这些客人大概是码头工，身体强壮，脸上留着又短又亮的黑胡子。这些人都没穿外衣，身上的衬衫也都破了——这是些贫穷的、受压迫的人。看到旅行者走过了，一些人站起身，靠在墙上看着他。旅行者听到身边的人在低声交谈着："他是外国人，想来看看老指挥官的坟墓！"他们将一张桌子推开，在那下面正是一块墓碑。这是一块普通的石头，矮矮的，正好可以藏在桌子下面。石碑上刻了一行小字，为了看清上面的字，旅行者跪了下来。上面写道："这里安睡着老指挥官。隐姓埋名的追随者们将他安葬于此，立此碑。可以预言，指挥官在数年之后终将复活，他将从这里带领着他的追随者们重新占领流放地。请你们相信并且等着瞧吧!"

旅行者读完墓碑上的字，正要站起来，就看到那些人正站在他四周朝他笑，就好像他们也和他一起读了碑文，觉得这很可笑，想和他分享意见一样。旅行者装作不知道，分给他们一些硬币，直到桌子被推回，又盖住了墓碑，他才离开茶楼，向海港走去。

士兵和犯人在茶楼遇到了一些熟人，就被留下了。然而，很快他们就发现要尽快摆脱这些熟人，因为旅行者刚走到通往海港的半路上，现在去追还能赶得上。他们希望能在最后一刻使旅行者能带上他们。当旅行者与一个水手就渡船的问题讨价还价时，这两人赶忙跑下台阶，因为不敢大叫，所以二人一声不吭。他们本可以跳到船上，但旅行者从船底拿起一根粗重的绳索，恐吓他们，这才阻止了他们往下跳。

卡拉韦拉斯县驰名的跳蛙

［美］马克·吐温

石　城译

我的一个朋友从东部来信，委托我去拜访西蒙·威勒，一个出了名的好脾气但又爱唠叨的家伙，并向他打听我朋友的朋友列昂尼达斯·W·斯迈雷的消息。这件事情究竟结果如何，由我向你娓娓道来。事后我才知道，这位所谓列昂尼达斯·W·斯迈雷先生其实是我朋友编造出来的，他根本就不认识这么一个人。但是他知道，只要我一向老威勒提起，便准会让他联想起那个厚脸皮的吉姆·斯迈雷来。然后，他也必定会打开话匣子，把那些又臭又长而与我毫无关联的陈年旧事抖搂出来，让我心烦透顶。如果我朋友是有意而为之，那他准会为自己的神机妙算而洋洋自得。

当我见到西蒙·威勒的时候，他正在破烂的矿山屯子安吉尔那座歪歪斜斜的酒馆里，紧挨着吧台旁边的火炉子舒舒服服地打着盹儿。他是个身形肥胖的家伙，秃脑门，但是一脸和蔼可亲的样子，透露着普通农民的那种朴实。他站起身来向我问好。我告诉他，朋友委托我来打听一位儿时的密友，列昂尼达斯·W·斯迈雷——也就是列昂尼达斯·W·斯迈雷神父，据说这位年轻有为的神父曾在安吉尔屯子里住过。我又补充道，如果威勒先生能有心告诉我这位列昂尼达斯·W·斯迈雷神父的消息，我将感激不尽。

西蒙·威勒不慌不忙地把我带到墙角，并拿自己的椅子封住我的去路，然后讲了下面一通枯燥无味的故事。他脸上没有丝毫表情，连眉毛也不曾皱一下。从第一个字开始，他就是用着四平八稳的腔调，听不出任何情感的起伏。我相信他绝不是一个生性爱唠叨的人，因为在这段令人烦躁的谈话里，你可以明显地感受到他的认真和诚意。由此可知，在他看来，不管这故事本身是不是枯燥乏味与荒唐可笑，但他的的确确是把这件事当作一件头等要紧的大事来办的。而且，从他的言辞里，你会相信，所有人都应该对这故事里的两位主人公推崇备至，因为他们实在是足智多谋，智力超群的人。既然如此，我找不到任何理由打断西蒙·威勒先生的谈话，只能任凭他按照自己的想法一直讲下去。

列昂尼达斯·W·斯迈雷神父，嗯，我认识他，一位伟大的神父。……这里从前有一位叫作吉姆·斯迈雷的，那是四九年的冬天……嗯，又或许是五零年春天……具体时间我或许记不清了，但总之不是四九年就是五零年。我敢肯定他刚来到屯子那会儿，大渡槽还没建好呢。别的咱不讲，但要比谁最古怪，我敢和你打赌，他一定是天下第一。但凡能找到一个人愿意打赌，他必定会跟上，而且你要知道，他是碰上什么就赌什么。别人要是不愿赌黑，他就跟黑；别人要是不愿赌白，他就压白。不管别人想怎么赌，只要别人愿意，他一定会陪着。只要能赌起来，他就觉得舒坦。虽说这样，他的好运气可不得不让人羡慕。那可不是一般的好，十有八九都是他赢。他也总惦记着找机会打赌，无论大事小事，只要你能想出来，他必定会跟上，不管你的赌注压哪一边，他都照赌不误，就像我刚刚告诉您的一样。如果你们是赌马，收场的时候，他不是赢得满满当当，钵满盆溢，就是输得一干二净，身无分文。如果你要赌狗，他一定会赌，你要斗猫，他跟，你想斗鸡，我刚才说啦，他还是会押注。嘿！就算有两只鸟落在篱笆上，他也要跟你打赌是哪一只先飞。屯子里的聚会，他每场必到，然后他就拿沃尔克牧师打赌。他打赌说，沃尔克牧师布道在这一带是头一份。但他真是个好人，那还用说，他本来就是个好人。要是他看见一只屎壳郎从脚下走过，他就跟你打赌它要几天能到达目的地。哎呀！我刚才说啦，不论你们赌哪儿都行！哪怕是去墨西哥，他也会跟着那只屎壳郎，看看它到底去不去那儿，路上要花多少时间。嗯……我告诉你，这儿好多小伙儿都见过列昂尼达斯·W·斯迈雷神父，你随随便便找个人，他们都会热心地给你讲起他。嘿！讲起他的事来可是绝对重不了样。那家伙真有意思，什么他都赌。有一回，沃尔克牧师的太太病得不轻，看了很长时间大夫都没治好，眼看着她就没救了。可是，一天早晨牧师进来了，斯迈雷站起身来问道，他太太身体怎么样了。牧师回答道，她好多了，全都托了万能的主的大恩大德，依照这势头，再加上主的保佑，她兴许很快便能缓过来。还没等牧师讲完，斯迈雷来了一句，“这样吧，看你这么有信心，我押两块五，赌她缓不过来。”

这个斯迈雷有一匹母马，小伙子们都管它叫“一刻钟老太太”。这话是损了点，它跑得当然要比这快一点点。你真别说，他还经常靠这匹马赢钱呢！因为它总是慢吞吞的，还经常生病，不是得气喘，生瘟疫，就是有痨病，再不然就是这类其他乱七八糟的病。赌马的时候，他们总是先让它跑两三百码，可等到了终点跟前，它立马就抖擞起精神了，拼了老命，撒欢尥蹶子。它四只蹄子到处乱甩，甩空了的也常常有，甩偏了踢到篱笆上的也有，总之，是弄得尘土飞扬。再加上它不停地咳嗽，打喷嚏，流鼻涕，闹闹哄哄的。唉！但是等它到了裁判席前头的时候，它还就能比别的马快一个头，不多不少刚好一个头，让人能够清清楚楚看明白。

他还有一只小斗狗。光看它外表，你准以为它一钱不值，就配在那儿拴着，一副贼溜溜的样子，老想偷点什么似的。可是，一旦你在它身上下了注，它就立马变成了另外一条狗。它的下巴颏往前突出，活像大油轮的前甲板，连下槽牙全都露了出来，像刀锋一样犀利。任凭别的狗抓它，咬它，接二连三地挠它，可安得鲁·杰克逊，噢！这就是那条狗的名字，它就好像毫不在乎一样。如果你以为这样就结束了，那你就大错特错了。它有它自己的盼头，等到人们押在另一边的赌注翻了一倍又一倍，直到再没有钱往上押的时候，它就一口咬住另一条狗的后腿，死死咬住不放。你明白吗？狠狠咬住不动，直到那条狗服软，哪怕等上一年也不要紧。斯迈雷每次都能靠这条狗赢钱，直到有一次在一条没后腿的狗身上碰了钉子。据说，那条狗的主人事先用锯片把狗后腿给锯掉了。那一次，两条狗真是斗了好一阵子，两边的钱也全都押完了。安得鲁·杰克逊照例在每次下口的地方张嘴时，它发现自己上当了，给别的狗给戏弄了。怎么形容呢，它当时真是吃了一惊，接着就有些没精打采，似乎放弃了比赛，没有试着用别的方法把这场比赛赢下来。它一定是觉得它被人欺骗了。它朝斯迈雷瞧了一眼，像是在向他诉说自己的伤心。怎么能弄一条没有后腿的狗来和它比赛呢，它从来都是咬后腿的嘛。它真是悲伤极了。后来，它一瘸一拐地溜达到角落里，瘫倒在地，当场就死了。那真是条好狗啊！安得鲁·杰克逊，它要是现在还活着，早就出了名。它真是斗狗的好坯子，又绝顶聪明，我敢保证安得鲁·杰克逊是一条有真本事的狗！什么场面它没见过啊！现在，一提起它的最后一场比赛，说到它的结局，我就鼻子发酸。

唉，这个斯迈雷呀，他还养过专拿耗子的狗，好斗的小公鸡，会打架的猫，都是这一类的玩意儿。不论你拿什么去找他赌，他都能和你兵对兵、将对将地赌上一局。有一天，他逮到一只跳蛙带回家，说是要好好训一训。足足有三个月，三个月啊，他别的什么事都没做，光是呆在他家的后院里头训练那只跳蛙蹦高。他可真有本事，跳蛙竟然也让他给训练出来了。只要他从后头点跳蛙一下，你就好好瞅着吧，那跳蛙会像张大煎饼一样在空中打转，兴致高的时候，还能再来个筋斗，要是状态再好一点，能一连翻两个！然后，再稳稳当当地四爪朝下落地，活像一只猎鹰那样。他还训练那跳蛙逮苍蝇。你知道，这也是需要勤学苦练的。他把那跳蛙练得不论苍蝇飞多远，只要它瞧得见，回回都能逮个正着。斯迈雷说，跳蛙是个爱学习的好料子，教什么学什么，学什么都能精通。这话倒是真的！嘿！我就亲眼瞧见他把丹尼尔·韦伯斯特——对了，这就是那只跳蛙的名字——训得敏捷灵活。他把它就放在这儿的地板上，然后大喊一声："瞧！丹尼尔·韦伯斯特！一只苍蝇！"那真是快得让你来不及眨眼啊！跳蛙立马噌噌地照直跳起来，把那柜台边的一只苍蝇吞了下去，然后像摊烂泥一样，"噗嗒"平摊在地，像个没事人似的。它好像觉得这是自己应该做的，自己并不比其他跳蛙强到哪儿去。别看它能耐这么高，你还真是找不到一只比它更爽快、更朴实的跳蛙了。你要是和斯迈雷打赌，让它从平地里照直向上跳，它可以比你这辈子见过的跳蛙都要高一个身段！这可是它的看家本事，你明白吗！你只要比这一项，斯迈雷会毫不犹豫地把身上所有的钱都押上去。我敢说，这只跳蛙是斯迈雷最看重的宝贝。要说也是，即便是那些见多识广的老江湖们都不得不佩服，他们也从来没见过这么优秀的跳蛙！

斯迈雷特意为那只跳蛙定做了笼子，时不时地带它逛大街，设赌局。一天，一个外乡的路人来到屯子里，刚巧碰上斯迈雷提着他的宝贝跳蛙，于是问道：

"你那笼子里关的是什么呀？"

斯迈雷瞧他不识货的样子，冷眼回答道："你觉得肯定是只鹦鹉，又或者是只麻雀，可它偏偏就不是！它是只跳蛙！"

路人拿过笼子，转过来翻过去地看，仔仔细细把它看了个遍，然后说："的确是只跳蛙。它有什么特别的吗？"

"当然！"斯迈雷不紧不慢地说，"它有一个看家本领。我可以毫不夸张地告诉你，它比卡拉韦拉斯县所有的跳蛙都蹦得高！"

路人一听这话，又拿过笼子，左瞧瞧右看看，端视了半天，也没看出个所以然来。他把笼子还给斯迈雷，慢吞吞地说道："是嘛！但我真没看出你这跳蛙能比别的跳蛙好到哪去！"

"你当然瞧不出来啦！"斯迈雷回答道，"对跳蛙，不管你是内行，还是外行，也不管你是老江湖，还是看热闹的，不管你怎么看，怎么想，我的跳蛙我心里有数，我敢和你赌四十块钱。我敢说我这跳蛙比卡拉韦拉斯县任何一只跳蛙都蹦得高！”

那汉子琢磨了一会儿，有点为难的样子：“你要我和你赌，可是这儿我人生地不熟，也没带跳蛙。如果我此时身边有一只跳蛙，我准会和你赌！”

这时候，斯迈雷又说话了：“既然你这么说了，那好办！只要你替我把这笼子拿一小会，我这就去给你捉一只来。”

就这样，那路人提着笼子，把他的四十块钱和斯迈雷的四十块钱放在一起，坐下来等着。他坐在那里想来想去，想了好一会，才把跳蛙从笼子里拿出来。他扒开它的嘴，掏出随身携带的小勺，给跳蛙灌了一肚子铁砂，一直灌到跳蛙的下巴颏。然后他又重新把跳蛙放回到地上。斯迈雷呢，此时他也跑了过来。他在洼地的烂泥地里稀里哗啦地折腾一气，好歹逮住了一只跳蛙。他把跳蛙交给那路人，说道：“现在可以开赌了！你要是准备好了，就把它和丹尼尔并排放着，把他俩的前爪都放齐了，然后我来喊口号！”

于是，他喊着：“一，二，三，蹦！”他和路人各自从后面点了点跳蛙。新捉来的那只跳蛙蹦得特别有劲，丹尼尔愣是一口一口喘着粗气，它耸了耸肩，不见动弹。这下怎么办呢？奈何你怎么弄它，它就是一动不动，就像生了根一样，连挪个地方都不想，就像大卡车抛了锚一样。此时，斯迈雷既纳闷又上火，任凭他想破脑袋，也找不出原因。

愿赌服输，路人拿起所有钱，转身便走了。临走之前，他还竖起指尖，在丹尼尔的肩膀上点了点，戏谑地说道：“我还是没瞧出来这跳蛙比别的跳蛙能好到哪儿去！”

只剩下斯迈雷一个了。他站在那儿抓耳挠腮，苦苦沉思。他低着头，注视着丹尼尔好一阵子，最后说道：“真不明白你为什么这个时候栽了！你究竟是犯了什么毛病？哎呀，你肚子似乎胀得不轻嘛。”

他揪着丹尼尔脖子上的皮，把它提了起来，惊讶地说道：“啊，这么沉！你要是没有五磅重才怪呢!”跳蛙此时低下头，呕吐出满满两大把沙子来。斯迈雷这时候才明白过来，他气得简直要发疯了！他立马放下跳蛙去追那路人，但是怎么可能追上呢！

（这时候，西蒙·威勒听见外面有人叫喊他的名字，于是便站起身，出去看看发生了什么事。）他一边往外走，一边扭头对我说：“你就在这儿歇着吧，我的朋友！我一会就回来!”

但是，对不住了。我想，就算再接着听你讲完吉姆·斯迈雷的故事，也不可能打听到昂尼达斯·W·斯迈雷神父的消息呀！于是，趁他不在，我拔腿就走了。

在门口，我刚好碰上威勒回来了。他使劲拽着我，又打开了话匣子：

“唉！刚才说到哪儿啦？噢，对了，这个斯迈雷有一头独眼龙母牛，你过来听我讲完。它的尾巴没了，只剩下一个尾巴蹶子，哈哈，就像根香蕉似的。”

可我既没工夫，也没兴趣，没等他开讲，我就走了。

老人们

［奥地利］里尔克

黄　灿译

彼得·尼古拉斯先生已经七十五岁高龄了，许多事情他都记不得了。他失去了那些悲伤与欢乐的回忆，且再也不能分清星期、月份和年份，唯有一天中的变化他还能稍许感知得到。他的视力很差，并且还有变得更差的趋势。每天早上太阳在他眼中是一团灰粉色的光，到了傍晚落山的时候就变成了浅紫色的，即便如此，他毕竟还是能感受到早晚的变化的。通常他都很抵触这种变化，而且这位老人认为，为了分辨出这种变化而花费力气是既不必要、也不明智的。不管是春天还是夏天，对他来说都不再有意义，他总是感到寒冷，除了在极少的情况下。而对于这极少数的片刻温暖，是归功于壁炉呢，还是归功于太阳，他完全不想去理会。他只知道，后者意味着省钱，所以，每天我们都能在城市公园里看到他颤颤巍巍的身影，因为那里阳光充足。每次他都坐在菩提树下的长椅上，两边是来自救济院的佩皮和克里斯托弗。

他这两位每天都出现的长椅伙伴似乎年岁比他还要高。每当彼得·尼古拉斯先生坐下身子后，总要咳嗽几声，然后点点头，不一会儿他的左邻右舍也机械地跟着他点起头来，仿佛被传染了一般。随后，彼得·尼古拉斯先生把拐杖插进沙地里，双手搁在弯曲的拐杖头上。

过了一会儿，他垂下头，把又圆又光滑的下巴抵在手背上，眯缝着眼看着左边的佩皮。他尽其所能地观察着佩皮的红脑袋。这脑袋像颗枯萎的果实，耷拉在又肥又粗的颈子上，看起来似乎还有些褪色，那占了他大半张脸的白色络腮胡，根部却是灰黄色的。佩皮身体前倾地坐着，手肘撑在膝盖上，时不时地从交握的双手形成的空当中向沙地上吐痰，以至于他双脚间已经积累起了一小块沼泽地。此人一辈子好酒贪杯，看来，冥冥之中他被判了刑，要以这种分期付款的方式来偿还他消耗过的液体，就算只能偿还个利息也行。

当彼得先生觉得在佩皮身上发现不了什么新东西后，便把他支在手背上的下巴朝右边来了个大转弯。克里斯托弗刚刚擤了鼻涕，正用干柴般的手指仔细地抹着他那破了洞的外套，想把最后一点沾在外套上的水迹抹掉。他看起来孱弱得让人不敢相信，当彼得先生还习惯于对任何事都表现出惊奇时，他时常在想，火柴棍一般的克里斯托弗居然平安地过了一辈子，且没有断手断脚，他到底是怎么做到的呢？彼得先生最喜欢干的事儿，就是把克里斯托弗想象成一棵枯树，脖子和脚踝都靠粗壮的枝干撑着。这当儿，克里斯托弗倒是挺满足的，间歇地打着嗝。这对他而言兴许是心满意足的象征，兴许是消化不良的表现。另外他还一刻不停地用光秃秃的牙床咀嚼着什么，他那两片薄薄的嘴唇，指不定就是这样被磨薄的，而他懒惰的胃，仿佛也不愿意再工作了，所以克里斯托弗必须得把这些不存在的东西咀嚼、咀嚼、再咀嚼，好让它们顺利被消化。

彼得·尼古拉斯先生把下巴转回了原位，深陷的眸子注视着眼前的一片绿色。身着夏装的孩子们在绿色的灌木丛前蹦来跳去，像刺眼的日光反射一样晃得他的眼睛生疼。他微微合上眼皮，但并没有睡觉。他听见瘦弱的克里斯托弗磨牙的声音以及胡茬子摩擦的沙沙声，还有佩皮响亮的吐痰声。偶尔，在有狗或者小孩靠近时，佩皮还会用含糊不清的话语骂人。彼得·尼古拉斯先生还听见远处路边耙砾石的声音，过客匆匆的脚步声和整整十二下钟鸣的声音。他早已不再数钟声，可他知道，已经晌午了。这钟每天都不停地敲响，谁还有闲心一直跟着数下去呢？就在时钟敲打最后一下时，一个稚嫩的小声音在他耳畔响起："爷爷，吃中饭啦！"

彼得·尼古拉斯先生拄着拐杖站了起来，另一只手轻轻放在这个十岁小姑娘金色的小脑袋瓜儿上。小家伙每次都会把这形同枯叶的手从头发上拿下来，放在唇边亲吻一下。随后，这位祖父开始左一下、右一下的点起头来，小姑娘的脑袋也不由自主地跟上了他的节奏。救济院的佩皮和克里斯托弗每每羡慕地目送着他俩，直到彼得·尼古拉斯先生和金发小姑娘双双消失在灌木丛的尽头。

在彼得·尼古拉斯先生坐过的位子上，间或躺着几朵可怜又无助的小花儿，那是小姑娘忘记带走，无意间留下来的。每每这时，瘦骨嶙峋的克里斯托弗就会伸展开他那干柴般的手指，颤巍巍地捡起它们。之后，在回救济院的路上，他小心翼翼地把花儿们捧在掌中，就像护着什么稀世珍宝一般。此时红发的佩皮总会鄙夷地吐唾沫，护花使者便羞红了脸。

到了救济院后，佩皮却抢着走在前头，貌似毫不在意地把一个盛有水的玻璃瓶放在他们房间的窗台上。接着他便静静地坐在最黑暗的角落里等待，直到克里斯托弗把那几朵可怜兮兮的小花儿插进窗台上的玻璃瓶中。

伊凡·伊里奇之死

[俄] 列夫·托尔斯泰

李君茜 译

一

在法院大厦里，梅尔文斯基案审讯暂时休庭，法官和检察官都聚集在伊凡·叶果罗维奇·谢贝克的办公室里，谈论着正闹得满城风雨的克拉索夫案件。费多尔·瓦西里耶维奇坚持认为克拉索夫案件不属本庭审理范围，伊凡·果罗维奇的意见则恰恰相反，而彼得·伊凡内奇一开始就没加入大家的讨论，漠不关心地翻阅着刚送来的《公报》。

“诸位，”彼得·伊凡内奇突然打断了众人的谈论，“伊凡·伊里奇死了!”

“什么?”所有人都转过头来看着他，惊诧万分。

“不信，你们自己看!”他将那份还散发着油墨味的《公报》递给费多尔·瓦西里耶维奇。

公报上印着一则带黑框的讣告：普拉斯柯菲雅·费多罗夫娜·高洛文娜痛告亲友，先夫伊凡·伊里奇·高洛文法官于一八八二年二月四日逝世。兹定于礼拜五下午一时出殡。

作为同事，大家都喜欢很伊凡·伊里奇，他已经病了几个礼拜，据说患的是不治之症。自他生病以来，他的职位虽然一直保留着，但也一直有传言说，他死后，他的职位将由阿历克谢耶夫接替，而阿历克谢耶夫的位置则将由文尼科夫或施塔别尔接替。因此，一听到他的死讯，办公室里在座的人立即就不由自主地打起了自己的小算盘，想着此事对他们自己或者亲友在职位调动和升迁上的好处。

“这下子，我说不定就能坐上施塔别尔或文尼科夫的位置了。”费多尔·瓦西里耶维奇暗自想着，“这个位置早就说好留给我的，这样一来，我一年少说也能多赚八百卢布，这还不算其他的津贴。”

“我肯定可以申请把内弟从卡卢加调来，”彼得·伊凡内奇则想，“我老婆一定会很高兴的，这样她总不能说我没替她娘家人考虑了。”这样想着，彼得·伊凡内奇流露出一脸惋惜的神情：“我当初就担心他可能会一病不起，真可怜。”

“他得的究竟是什么病?”

“几个医生都说不准，每个人都有不同的说法。我上次看到他的时候还以为他会好起来呢。”

“不过，我过节后就没见过他了，一直想去看他来着，就是没空。”

“他有留遗产吗?”

“他妻子手里大概有一点，但估计不多。”

“我们应该去看看她，不过他们住得很远。”

“从你家那儿去是很远，你家到什么地方去都很远。”

“你对我住在河对岸一直有意见。”彼得·伊凡内奇笑眯眯地瞧着谢贝克，话题就此转移，大家又开始对城市规划喋喋不休地讨论起来，直到开庭。

伊凡·伊里奇的死讯使每个人都开始不由自主地打起自己的小算盘，臆测着人事上可能会发生的变更。与此同时，认识他的人也都在暗自庆幸：幸好，死的不是我，我可不想这么倒霉。

死的是他，可不是我。人人都这样想，或者有这样的感觉。伊凡·伊里奇的知己们，他的所谓朋友们，都同时不由自主地想：这下子他们得参加丧礼，慰问遗孀了。这可是习俗。

费多尔·瓦西里耶维奇和彼得·伊凡内奇是伊凡·伊里奇最要好的朋友。

彼得·伊凡内奇跟伊凡·伊里奇在法学院就是同学，自认为跟伊凡·伊里奇的关系最铁。

中午吃饭的时候，彼得·伊凡内奇把伊凡·伊里奇的死讯告诉了自己的老婆，同时讲了争取把内弟调到本区的想法。趁着午休的时间，他穿上礼服，一个人乘车到伊凡·伊里奇家去。

伊凡·伊里奇家门口停着一辆私家马车和两辆出租马车，带穗子和擦得闪闪发亮的镶金棺盖靠在前厅的墙壁上。衣帽架子的旁边，两位穿黑衣的太太正在那里脱外套。彼得·伊凡内奇认出其中一个是伊凡·伊里奇的姐姐，另一位则不认识。此时，另一个同事施瓦尔茨正要从楼上下来，看见他进门，就站住向他使了个眼色，仿佛说：伊凡·伊里奇真是一团糟，还好咱们没这样。

施瓦尔茨脸上留着英国式络腮胡子，瘦长的身体穿着礼服，显出一种难得的典雅庄重，与平时大家熟悉的那种吊儿郎当的样子，判若两人。彼得·伊凡内奇看着他，心里想：他这个样子，真是滑稽。

彼得·伊凡内奇停下脚步，示意太太们在前面先走，自己则慢吞吞地跟在她们后面上楼。施瓦尔茨就站在楼梯口，等着他们上去。彼得·伊凡内奇知道，他一定是想跟自己约晚上打桥牌的地方。太太们上楼向孀妇屋里走去，施瓦尔茨装出一副一本正经的模样，抿紧了厚嘴唇，眼睛里却露出戏谑的神情，挤眉弄眼地向彼得·伊凡内奇示意：死人就在右边房间。

彼得·伊凡内奇像往常习惯性的动作那样走进去，有些不知所措，犹豫着，不知道要不要鞠躬。有一点他很清楚，在这种场合，画十字总是不会错的。于是，他采取了一个折中的办法，走进屋里，动手画十字，同时微微点头，好像在鞠躬。趁着画十字和点头的当口，他偷偷向屋子里四处打量了一番。有两个青年和一个中学生，大概是伊凡·伊里奇的侄儿，正用手画着十字从屋子里出来；一个老妇人一动不动地站在那里，正同一个眉毛很弯的女人低声说话；诵经士身穿法衣，精神饱满，神态庄严，正大声念着什么，脸上现出神圣不可侵犯的样子；充当餐室侍仆的庄稼汉盖拉西姆轻手轻脚地从彼得·伊凡内奇面前走过，一边把什么东西撒到地板上。彼得·伊凡内奇一看见这情景，立刻就闻到了淡淡的腐尸臭。他上次探望伊凡·伊里奇时，在书房里看到过这个庄稼汉，当时他正在伺候伊凡·伊里奇，伊凡特别喜爱他。彼得·伊凡内奇画着十字，向棺材、诵经士和屋角桌上的圣像微微鞠躬。直到他觉得十字已画得足够了，才停下来细细地打量躺在那里的死人。

死人躺在那里，跟其他的死人一样，显得特别沉重，僵硬的四肢陷在棺材衬垫里，脑袋高高地靠在枕头上，蜡黄的前额高高隆起，半秃的两鬓凹进去，高耸的鼻子压着上唇。彼得·伊凡内奇想，同上次看见他时相比，变化很大，身体更瘦了，脸似乎比生前好看，显得端庄，脸上的神态似乎在说，他已尽了责任，没人能再挑剔什么。此外，那神态似乎还在责备活人或者提醒他们什么事。彼得·伊凡内奇觉得，自己没有什么事需要他提醒，至少没有事跟他有关系。看着死人的那副表情，他心里有点不快，便又匆匆画了个十字，打算快快离开。可刚画完，他又觉得这个十字画得太快，未免有点失礼，但还是转身往门口走去。施瓦尔茨随意地站在穿堂里，等着他，双手在背后玩弄着大礼帽。彼得·伊凡内奇瞧了瞧服饰雅致，模样却玩世不恭的施瓦尔茨，精神顿时振作起来。他知道施瓦尔茨性格开朗，丝毫不会受到这里哀伤气氛的影响，而他那副玩世不恭的神气正仿佛向众人表示：伊凡·伊里奇的丧事绝没有理由破坏他们的例会，不能妨碍他们今天晚上就拆开一副新牌，在仆人点亮的四支新蜡烛的照耀下打牌。总之，这次丧事不能影响他们今晚高高兴兴地聚会。看见彼得·伊凡内奇从他旁边走过，他便建议今晚到费多尔·瓦西里耶维奇家打牌。

不过，彼得·伊凡内奇显然没有打牌的运气，还没等他开口，普拉斯柯菲雅·费多罗夫娜同几位太太就从内室出来了，那矮胖的个儿，肩膀以下的部分似乎正一个劲儿向横里发展，显然，所有的减肥方法都失败了。今天，她穿着一身黑衣，头上包着花边头巾，眉毛弯弯地垂下来，她把太太们送到灵堂门口，又对着彼得·伊凡内奇和施瓦尔茨说："马上要做丧事礼拜了，你们请进。"

施瓦尔茨站在那里微微地点着头，似乎有些犹豫不决，不知道是不是应该接受这个邀请。普拉斯柯菲雅·费多罗夫娜认出了彼得·伊凡内奇，叹了一口气，走到他跟前，握住他的手说："我知道您是伊凡·伊里奇的好朋友……"她停了下来，望着他，似乎在等待他听了这话以后的反应。

彼得·伊凡内奇知道，就像刚才那会儿应该画十字那样，这会儿就得握手。他叹着气，做出一副哀伤的神情，说："真是想不到。"果然，这动作达到了预期的效果，他感动了，她也感动了。

"现在那边还没有开始，请跟我过来一下吧，我有话要对你讲，"孀妇说，"扶着我吧。"

彼得·伊凡内奇伸出手臂挽着她向内室走去，经过施瓦尔茨身边时，施瓦尔茨失望地向彼得·伊凡内奇使了个眼色，那淘气的眼神仿佛在说：唉，牌打不成了。要是我们另外找到搭档，你可别怪我们，不过要是你能脱身，五人一起玩也行。

彼得·伊凡内奇用更深沉更悲伤的方式叹了口气，普拉斯柯菲雅·费多罗夫娜感激地捏了捏他的手臂。他们一起走进灯光暗淡、挂着玫瑰红花布窗帘的客厅，在桌旁坐下来。普拉斯柯菲雅·费多罗夫娜坐在沙发上，彼得·伊凡内奇便坐到了那弹簧损坏、凳面凹陷的矮沙发凳上。她似乎想叫他换一把椅子坐，可又似乎觉得此刻说这些话不得体，欲言又止。彼得·伊凡内奇坐在沙发凳上，猛然想起伊凡·伊里奇当年装饰这客厅时，曾同他一起商量，最后才决定用这种带绿叶的玫瑰红花布做窗帘和沙发套。客厅里摆满家具杂物，孀妇站起来想从客厅里走过去，不料，她那件黑斗篷的花边被雕花桌子钩住了。彼得·伊凡内奇忙起身，想帮她解开斗篷，可他刚从沙发凳站起来，沙发里面的弹簧立刻蹦了起来，直往他身上弹。孀妇自己努力地解着斗篷，彼得·伊凡内奇便又坐下去，把跳动的弹簧重新压下去。但孀妇没有把斗篷完全解开，彼得·伊凡内奇便又起身，弹簧又往上蹦，还噔地响了一声。等这一切都过去了，她拿出一块干净的麻纱手绢，哭起来。斗篷被钩住和沙发凳的弹簧蹦跳这些插曲使彼得·伊凡内奇冷静下来，他坐在那儿，皱着眉头，仿佛在沉思。这会儿，伊凡·伊里奇的男仆索科洛夫从外面走进来，打破了这种尴尬的局面。他向普拉斯柯菲雅·费多罗夫娜报告说，她指定的那块坟地要价两百卢布。普拉斯柯菲雅·费多罗夫娜止住了哭声，可怜巴巴地瞟了一眼彼得·伊凡内奇，用法语说，她的日子很难过。彼得·伊凡内奇默默地做了个手势，表示他深信她说的是实话。

“您抽根烟吧。”她说，显得体贴又伤心，然后同索科洛夫谈坟地的价钱。彼得·伊凡内奇一面吸烟，一面听她怎样详细询问坟地的价格，最后决定买哪一块。谈完坟地，她又吩咐索科洛夫去请唱诗班，这才让索科洛夫离开。

“什么事都得我自己料理，”她把桌上的照相簿挪到一边，转身又发现彼得·伊凡内奇手中的烟灰快掉到桌上了，便连忙把烟灰碟推到彼得·伊凡内奇面前，伤心地说：“要是说我悲伤得不能做事，那未免有点做作。相反，现在只有为他的后事多操点心，我才感到安慰，至少可以排遣点悲伤。”她掏出手绢，又想哭，但很快就忍住了，强打起精神，镇静地说：“我有点事要跟您谈谈。”

彼得·伊凡内奇点点头，不让他身下蠢蠢欲动的沙发弹簧再次蹦起来。

“他走的那几天非常难受。”

“怎么个难受法?”彼得·伊凡内奇问。

“唉，太可怕了！他不停地叫嚷，不是一连几分钟，而是一连几个小时地叫嚷。三天三夜嚷个不停，哪有人能受得了？我都不晓得自己是怎么熬过来的，隔着三道门都听得见他的叫声。唉，我这是怎么熬过来的啊？”

“当时他神志清醒吗？”彼得·伊凡内奇问。

“清醒，”她喃喃地说，“直到最后一分钟都清醒。他在临终前一刻钟跟我们告了别，还叫我们把伏洛嘉带开。”

彼得·伊凡内奇暗自想道，自己同伊凡·伊里奇曾经是多么熟悉，从一个无忧无虑的孩子，到小学生，后来成了他的同事，最后竟受到这样的折磨。尽管他觉得自己和这个女人都有点做作，但想到这一点，心里却忽然开始害怕起来。他仿佛又看见了那个蜡黄的前额和那个压住嘴唇的鼻子，不禁感到不寒而栗。

煎熬三天三夜，然后死去，这种情况也可能随时落到我的头上，他这么想着，刹那间感到毛骨悚然。但是，他自己也不知怎的，那种常见的侥幸心理很快就使他镇静下来：这种事只有伊凡·伊里奇会碰上，怎么会轮到我呢？这种事不应该也不可能落到我的头上。他想到这些，心情忧郁，但想到施瓦尔茨的模样，他又觉得自己不该有这种心情。彼得·伊凡内奇努力让自己镇静下来，详细地询问起伊凡·伊里奇临终前的情况。他那淡然的口气，仿佛在告诉别人：这种事只会发生在伊凡·伊里奇的身上，不可能轮到自己的。

在谈了会伊凡·伊里奇肉体上所受的非人痛苦之后（这种痛苦，彼得·伊凡内奇只能从普拉斯柯菲雅·费多罗夫娜所受的精神摧残上去领会），孀妇认为该是说正事的时候了。

“唉，彼得·伊凡内奇，真是难受，真是太难受了，太难受了！”她又哭起来。

彼得·伊凡内奇叹着气，耐心地等她擦去鼻涕和眼泪，慢悠悠地说：“真是想不到……”

普拉斯柯菲雅·费多罗夫娜又开始说起来，这显然是她找他要谈的主要问题，就是丈夫去世后该怎样向政府申请抚恤金。她向彼得·

伊凡内奇请教着怎样领取赡养费的问题，虽然她对于这个问题已经非常清楚了，譬如怎么向政府领，能领多少，甚至比他知道得还要清楚。但她还是不停地说着，她真正想知道的，是怎么能弄到更多的钱。彼得·伊凡内奇装作绞尽脑汁的样子，提了几个建议，却没一个是真正可行的。最后，出于一种礼节，他骂了一通政府的吝啬，告诉孀妇说不可能弄到更多的钱了。于是，她叹了一口气，显然是不想再同他讲下去了。彼得·伊凡内奇心领神会地弄熄了香烟，站起身，同孀妇握了握手，便走到前厅去了。餐厅里摆着伊凡·伊里奇十分中意的从一个古董店买来的大钟。彼得·伊凡内奇在那里遇见了神父和几个来参加丧礼的客人，认出其中那个漂亮小姐就是伊凡·伊里奇的女儿。她穿一身黑衣，本来就很苗条的身材变得更加诱人了，那忧郁、冷淡的神态，显出她正在生气。她向彼得·伊凡内奇鞠躬，那模样就像是把气撒在了彼得·伊凡内奇身上。她身后，站着一位同样面带愠色的青年，那是她的未婚夫，彼得·伊凡内奇知道他是法院侦审官，家里很有几个钱。彼得·伊凡内奇庄重地向他们鞠躬，正要往死人房间走去，忽然看见了伊凡·伊里奇还在念中学的儿子。这孩子活脱脱就是年轻时的伊凡·伊里奇，和彼得·伊凡内奇记忆中的那个念着法学院的伊凡·伊里奇一模一样。孩子眼睛里含着泪水，神态也像那些十三四岁的愣小子该有的神态，幽怨难过地皱着眉头。彼得·伊凡内奇向他点点头，走进灵堂。丧事礼拜开始了，点蜡烛，上神香，眼泪，啜泣，呻吟……彼得·伊凡内奇皱紧眉头站着，神色黯然地瞅着自己的双脚，坚持一眼也不看死人，一直到仪式结束。因此，他的心情并没有受到悲伤气氛的影响，当他第一个走出灵堂时，他发现前厅里一个人也没有。充任餐厅侍仆的庄稼汉盖拉西姆从灵堂跑出来，一双粗壮的手在一排外套中间翻寻着，费了好大力气才把彼得·伊凡内奇的外套找出来，递给他。

“嗯，盖拉西姆老弟，你说呢?”彼得·伊凡内奇想说句话应酬一下，“真是件惨事。”

"这都是上帝的意思，我们也总会有这么一天的。"盖拉西姆露出一排洁白整齐的庄稼汉的牙齿，像是干着什么要紧的活一样，他用力推开车门，大声呼喊马车夫，把彼得·伊凡内奇送上车，又立刻奔回台阶上，仿佛在考虑还有些什么事要做。

在闻过神香、尸体和石碳酸的臭味以后，彼得·伊凡内奇觉得外面的新鲜空气特别舒服。

"上哪儿，老爷？"马车夫问。

"现在倒还不晚，就到费多尔·瓦西里耶维奇家去一下吧。"

果然，彼得·伊凡内奇到达的时候，第一局牌才刚刚结束，他正好插进去一起玩。

二

伊凡·伊里奇这一生很普通，很简单，也很凄惨。

他是个法官，去世时才四十五岁。他父亲是彼得堡一名官员，在好几个机关做过事，虽不能胜任某些要职，但凭着老资格，在官场混得相当不错，总能弄到一些有名无实的官职和实实在在的俸禄。官不大，但清闲；钱不多，但也有六千到一万卢布的样子。伊里亚·叶斐莫维奇·高洛文就是这样，在一个无关紧要的机关里做一个无关紧要的三等文官，自然而然地，伊凡·伊里奇的父亲活了一大把岁数。

在三个儿子中间，伊凡·伊里奇排行第二；老大继承了父亲的衣钵，在另外一个机关里做事；老三没什么出息，在好几个地方做事，但都坏了名声，眼下在铁路上供职。对老三而言，父亲也好，两位哥哥也好，特别是两位嫂子，不仅不愿同他见面，而且不到万不得已从不想到还有他这样一个兄弟。姐姐嫁给了格列夫男爵，一个同父亲差不多的彼得堡官员。伊凡·伊里奇可以说是家里的佼佼者，聪明，活泼，乐观，文雅，既不像老大那样冷淡古板，也不像老三那样放荡不羁。他跟弟弟一起在法学院念过书，老三念到五年级就被学校开除了，伊凡·伊里奇则成绩优秀地毕业了。他在法学院的时候，就显出了后来受益终生的特点：能干，乐观，厚道，随和，而且本分。不仅如此，他的价值观也与时代十分契合。说不清楚是从什么时候开始，应该是从很早的时候吧，他就被上层人士吸引了，就像苍蝇见了垃圾一样，模仿他们的一举一动，接受他们的人生观，并同他们交朋友。童年时代和少年时代的纯情在他身上消失得干干净净，他开始迷恋声色，追逐功名，甚至大有一发不可收拾的趋势。不过，他的本性还能使他保持一定分寸，不至于过分逾越常规。

在法学院里，他也做过些让自己觉得很可耻的事情，经常觉得羞愧。但当他看到那些地位比他高的人都不以为然地这么做时，他便也习以为常了，不再把它们放在心上，即使想到也无动于衷。

伊凡·伊里奇从法学院毕业，获得了十等文官官衔，从父亲手里领到治装费，在著名的沙尔玛裁缝铺里定制了时装，表坠上挂一块《高瞻远瞩》的纪念章，向导师和任校董的亲王辞了行，跟同学们在唐农大饭店欢宴话别，带着从最高级的商店里买来的时式手提箱、衬衣、西服、剃刀、梳妆用品和旅行毛毯，走马上任，当了省长特派员。谁也说不清这个职位是干什么的，只知道这个官职是他父亲替他谋得的。

伊凡·伊里奇到了外省，很快就像在法学院那样过得称心如意。他在职位上安分守己，干得如鱼得水，还常常参加娱乐活动。他有时奉命到各县视察，待人接物稳重得体，对上待下恰如其分，不贪赃枉法，交给他的差事总是完成得滴水不漏。对于这些，他自己也引以为傲。

在官场上，他虽然年纪轻轻，却显出成熟稳重的气质来。在社交场中，他机智风趣，为人和善。正像他家里的常客，上司和上司太太说的那样，他是个不错的小伙子。

在这里，他和一位对他有爱慕之意的太太偷欢，同一个女裁缝私通，有时同巡察的副官们狂饮欢宴，饭后还去花街柳巷寻欢作乐。他奉承上级长官，甚至长官夫人，手法高明，无懈可击，从未引起非议。最多就是说句老话：年轻时寻欢作乐也是可以谅解的。这一切他都干得体体面面，说着法语在上流社会混得如鱼得水，深得达官显贵的青睐。

伊凡·伊里奇就这样干了五年，接着便迎来了职业生活中的转折点。新的司法机关成立了，需要新的官员，伊凡·伊里奇顺理成章地调任到了这样的新职，被推荐为法院侦讯官。虽然这个职位在另一个省，伊凡·伊里奇好不容易构筑起来的关系网都白费了，得另起炉灶，重新结交朋友，但他还是接受了这个差事。在他走马上任之前，朋友们给伊凡·伊里奇饯行，一起拍照留念，还赠给他一个银烟盒留念。

伊凡·伊里奇当法院侦讯官时同样循规蹈矩，公私分明，并且像做特派员一样受到普遍尊敬。对伊凡·伊里奇来说，侦讯官的工作比原来的工作有趣得多。以前，他身穿精工缝制的文官制服，昂首阔步地经过战战兢兢等待接见的来访者和对他羡慕不止的官员们的身边，一直走进长官办公室，并且跟长官一起喝茶吸烟。那种感觉固然是好，但那时直接听命于他的人，仅仅只有县警察局长和小官吏。而且伊凡·伊里奇奉命出差的时候，总是要对他们表现得和颜悦色，让他们觉得，他尽管操着生杀大权，却平易近人，毫无架子。如今伊凡·伊里奇当上了法院侦讯官，就连达官贵人的命运也都操在他手里，他只要在公文上批几句，不论哪个要人都将成为被告或证人来到他面前，如果他不请他们坐下的话，他们都得站着回答他的问题。伊凡·伊里奇一向知轻重，懂分寸，从来都不滥用权力。他很快就对新工作摸出一套门路来，他驾轻就熟地排除一切与本案无关的情节，使各种错综复杂的案情在公文上表现得简单明了，不带丝毫个人意见，完全符合公文要求。这是一种全新的审查工作，而伊凡·伊里奇正是属于第一批执行一八六四年新法典的人。

自从在这新地方就任法院侦讯官以来，伊凡·伊里奇结交了一批新朋友，建立了一些新关系，获得了新的社会地位，并有了一套新的处事方式。他在省里同政府官员疏远一些，却周旋于司法界头面人物和豪门巨富之间，他会对政局评头论足，却只是发表温和的自由主义言论和开明观点。此外，伊凡·伊里奇就任新职后仍旧讲究服饰，注意仪表，只是不再刮去下巴颏上的胡子而任其自然生长。

伊凡·伊里奇在新地方混得很不错。他跟一批反对省长的人关系很好；薪俸比以前优厚；他学会了逢场作戏，经常打牌，日子过得滋润了不少，而且他头脑聪敏，很会打牌，因此常常赢钱。

伊凡·伊里奇在新地方任职两年后，遇见了后来成为他妻子的普拉斯柯菲雅·费多罗夫娜·米海尔。她是伊凡·伊里奇交际圈子里最迷人、最伶俐、最出色的姑娘。伊凡·伊里奇在工作之余的消遣，其中就包括同普拉斯柯菲雅·费多罗夫娜戏谑调情。

伊凡·伊里奇任特派员时常常跳舞，但当上侦讯官后就难得跳了。如今他只要跳舞就像是在说：尽管他身为侦讯官，堂堂五等文官，但跳舞水平可绝不比别人差。有时晚会将近结束，他就请普拉斯柯菲雅·费多罗夫娜一起跳舞，就是这样，他轻而易举地就征服了普拉斯柯菲雅·费多罗夫娜的心，让她深陷情网。刚开始的时候，伊凡·伊里奇并没怎么想到要结婚，但既然人家姑娘爱上了他，他就对自己说：也好，干脆结婚算了。

普拉斯柯菲雅·费多罗夫娜出身不错，面容姣好，且小有家产。伊凡·伊里奇本来指望找到一个更好的，但觉得这个也不错了，出身名门，生得又温柔美丽，还很有教养。伊凡·伊里奇自己有薪俸收入，便希望她也有同样多的进款。如果说伊凡·伊里奇因爱她而同她结婚，同她志同道合的话，那似乎不符合事实；如果说他同她结婚，是因为在他圈子里的人都赞成这门婚事，那也不符合事实。应当说，伊凡·伊里奇结婚是出于双重考虑：娶这样一位妻子，既是门当户对，又得到了达官贵人们的赞成。

伊凡·伊里奇就这样结了婚。

在准备结婚和刚结婚的日子里，夫妻双方尚处于蜜月期，再加上崭新的家具，崭新的餐具，崭新的衣服，日子过得很美满，当然这是妻子怀孕以前的状况。伊凡·伊里奇认为，他原来的生活轻松愉快而又高尚体面，并且受到上流社会的赞许，如今结婚不仅不会损害这种生活，而且会令生活更加美满。但在妻子怀孕几个月后，情况急转直下，变得压抑难受，那是一种他万万没有料到的，也无法摆脱的新情况。

伊凡·伊里奇认为妻子完全出于任性，破坏了快乐体面的生活。她常常吃无名干醋，要求他更加体贴。不论什么事她都横加挑剔，动不动就对他大动干戈。

起初，伊凡·伊里奇想继续用快乐体面的人生态度来排除烦恼。他不管妻子的情绪如何，照旧高高兴兴地过日子：请朋友到家里来打牌，自己上俱乐部或者到朋友家串门子，直到有一次妻子对他大发雷霆，言语刻毒，十分可怖。从这以后只要他稍不顺她的意，她就把他臭骂一顿，直到他曲意逢迎，也就是说要他安守在家里，并且像她一样唉声叹气，无病呻吟，这使伊凡·伊里奇感到害怕。他懂得了，夫妇生活，至少是他同妻子的生活，并不能始终维持快乐和体面，实际情况同理想往往是相反的，因此必须得想些办法。于是伊凡·伊里奇用公务繁忙做挡箭牌，来对付普拉斯柯菲雅·费多罗夫娜。他发现这种办法很有效，因此常用它来保卫自己的一片小天地。

孩子生下来以后，喂养也是一件麻烦事，常常遇到不是婴儿害病就是母亲害病的状况。这病一生起来，分不清是真是假。但不管是真病还是假病，伊凡·伊里奇都得照顾，尽管他对这些事一窍不通。于是伊凡·伊里奇越来越不想呆在家，只想躲在自己的一方小天地里。

随着妻子的脾气越来越暴躁，要求越来越苛刻，伊凡·伊里奇也越来越把生活的重心转移到公务上。比起呆在家里，他更愿意混迹官场，变得前所未有地醉心功名。

不久，就在结婚还没满一年的时间里，伊凡·伊里奇便悟出了婚姻之道，夫妇生活虽然也有一些好处，但同时也是十分辛苦头疼的。要尽到自己的责任，过一种受社会赞许的体面生活，就要面面俱到，八面玲珑，这一点，婚姻和官场别无二致。

伊凡·伊里奇把他悟出的婚姻之道运用自如。他对家庭生活的要求，不过是一日三餐和床笫之欢，而这些都是妻子力所能及的。他满足于维持社会所公认的那种体面的夫妇关系。此外，他一有空便寻欢作乐，过得相当知足。要是家里遇到不愉快了，他就立刻逃到自己的小天地里，并在那里自得其乐。

伊凡·伊里奇当侦讯官，声誉显赫，三年后就升任副检察官。新的官职、重要的地位、控诉和拘捕任何人的权力、公开的演说、辉煌的功绩——这一切使伊凡·伊里奇更加官迷心窍。

孩子越来越多，妻子的脾气也越来越乖张易怒，但伊凡·伊里奇的家庭理念，他心目中过得去的家庭形象，依然没有改变，似乎跟妻子心情的好坏也并无关联。

伊凡·伊里奇在这个城市里任职七年，接着被调到另一个省里当检察官。他们搬了家，手头便不太宽裕了，妻子又不喜欢那新地方。薪俸尽管比原来多，但生活消费高，再加上又死了两个孩子，凡此种种，伊凡·伊里奇就感到家庭生活比以前更乏味了。

普拉斯柯菲雅·费多罗夫娜搬到新地方后，不论遇到什么麻烦，总要责怪丈夫。夫妇间不管是谈论什么问题，尤其是谈孩子的教育，总会联想到以前的不和，引起新的争吵。夫妇俩如今难得有恩爱的时刻，即使有，也是很短暂的。他们在爱情的小岛上临时停泊一下，不久又会掉进互相敌视的汪洋大海，彼此冷若冰霜。要是伊凡·伊里奇认为家庭生活不该如此的话，他准会对这种冷漠感到伤心，不过他不仅认为这样的局面是正常的，而且也正是他所企求的。他的目标就是要尽量摆脱家庭生活的烦恼，而表面上又要装得若无其事，保持体面。为了达到这一目的，他尽量少同家人待在一起，如果不得已必须这样做，也总是竭力找有旁人在场的机会。不过，伊凡·伊里奇这样过日子，主要靠的是他有公务。他把全部生活乐趣都集中在官场的天地里，这种乐趣支配了他的整个身心。意识到自己的权力，对任何人都操有生杀大权，每次走进法庭和遇到下属时那种威风凛凛的气派（即使只是表面的），在上司与下属之间周旋的本领，尤其是自觉高明的办事能力——这一切都使他洋洋得意。另外，有事没事跟同事们谈天、宴会和打牌，过得挺充实。总之，伊凡·伊里奇的生活过得心满意足，快乐而体面。

就这样他又过了七年。大女儿已经十六岁，另外又死了一个孩子，只剩下一个男孩在中学念书。这个孩子是引起夫妇争吵的一大因素。伊凡·伊里奇要送他读法学院，而普拉斯柯菲雅·费多罗夫娜却偏把他送进普通中学。女儿在家里学习，成绩良好，儿子学得也不错。

三

婚后，伊凡·伊里奇就这样过了十七年的光阴。现在他已是一个老检察官了，他推辞了几次工作上的调动，一心想找个更称心的位置，不料出了一些不愉快的事，节外生枝，把他生活的安宁给破坏了。伊凡·伊里奇想谋取大学城首席法官的位置，但却被戈佩捷足先得了。伊凡·伊里奇十分生气，提出异议，同戈佩吵嘴，又惹恼了上司。他从此遭受冷遇，就连下一次任命也没有他的份了。

这是一八八〇年，也是伊凡·伊里奇一生中最倒霉的年头。一方面，他挣的钱越来越不够用，另一方面又觉得自己被人冷落。这样的事在别人看来没什么大不了的，落在伊凡·伊里奇身上却仿佛天塌下来了一样，就连父亲都认为无须再帮助他了。他觉得大家都抛弃了他。人们认为他拿三千五百卢布年俸十分合情合理，甚至可以说是十分幸福了，但他自己却觉得大不公平。再加上家中妻子唠唠叨叨，自己花起钱来大手大脚，经常弄得入不敷出。伊凡·伊里奇过得糟糕透了。

于是在这个夏天，为了节省开支，伊凡·伊里奇请了假同妻子一起到乡下度假，住在妻子弟弟的家里。在乡下不做事，伊凡·伊里奇平生第一次感到无聊透顶，生活乏味。他认定无法这样过活，必须做点什么来改变现状。伊凡·伊里奇睡不着，在露台上踱了个通宵，思前想后终于决定到彼得堡奔走一番，争取调到其他部门工作，好让那帮不懂赏识他的人受点教训。

第二天早晨，他不顾妻子和内弟的劝阻，乘车去彼得堡。他唯一的目的就是弄到一个年俸五千卢布的位置。他不再计较是哪个机关，是哪个派别或哪种工作。他只要一个位置，一个年俸五千卢布的位置，不论政府机关、银行、铁路、玛丽皇后御用机关，哪怕是海关都行，但一定要有五千卢布收入，一定要离开那个不会赏识他才能的机关。

伊凡·伊里奇此行取得了意外收获。在库尔斯克火车站，伊凡·伊里奇恰好坐在一位名叫伊林的熟人旁边。伊林告诉他库尔斯克省长刚接到电报，说部里最近人事上有重大变动，彼得·伊凡内奇的位置将由伊凡·谢苗内奇接任。

这次调动，不说对国家的影响如何，对伊凡·伊里奇来说意义非凡，因为起用了新人，彼得·彼得罗维奇和他的朋友扎哈尔·伊凡内奇。这对他伊凡·伊里奇极其有利，因为扎哈尔·伊凡内奇是伊凡·伊里奇曾经的同事兼密友。

在莫斯科，这个消息得到了证实。伊凡·伊里奇来到彼得堡，找到了扎哈尔·伊凡内奇，后者答应给他在原来的司法部里谋一个好差事。

一星期后，他给妻子发了一封电报：扎哈尔接替米勒，我申请后即可提升。

亏得这次人事调动，伊凡·伊里奇在他的旧部里意外升迁：比同事高两级，年俸五千，再加调差费三千五百。伊凡·伊里奇对原来死对头和整个机关的新仇旧怨都统统消失了，感到十分得意。

伊凡·伊里奇兴高采烈地回到乡下，他好久没有这样快活了。普拉斯柯菲雅·费多罗夫娜也很高兴，夫妻俩居然难得地和好了一段时间。伊凡·伊里奇讲到他在彼得堡怎样受祝贺，原来的对头怎样厚着脸皮巴结他，怎样羡慕他的地位，特别讲到他在彼得堡怎样受人追捧等等。

普拉斯柯菲雅·费多罗夫娜听着他讲，表面上装得十分感兴趣，也不打岔，心里却盘算着怎样到新地方去重新安排生活。而她的这些想法与伊凡·伊里奇恰恰不谋而合，他们一度坎坷的生活重又变得快乐而体面了。

之后，伊凡·伊里奇回了家，但只在家呆了几天，因为九月十日他就得走马上任。此外，他还得在新地方安顿下来，把家具什物从省里运去，还要再添置和定做许多新东西。总之，要根据他同普拉斯柯菲雅·费多罗夫娜那几乎一致的想法把新居布置好。

现在，一切都进行得称心如意，他同妻子重新意气相投。现在他们俩能碰面的时候很少，这反倒使两人相处融洽起来。这样融洽的时候，除了婚后头几年，还不曾有过。伊凡·伊里奇想跟一家人一起过去生活，可是弟弟和弟媳却忽然对伊凡·伊里奇一家十分亲热，弄得伊凡·伊里奇只好独自先走。

伊凡·伊里奇走马上任后，事业上一帆风顺，生活上同妻子情投意合，这两件事互为因果，他的心情十分愉快。他找到一座不错的宅子，夫妻双方都很满意。高大宽敞的老式客厅、豪华舒适的书房、妻子的房间、女儿的房间、儿子的书房，一切像是为他们特意设计的。伊凡·伊里奇亲自布置房间，挑选墙纸，从古董店淘家具，专门定制沙发套和窗帘。房子布置得越来越漂亮，他十分满意。宅子才布置到一半，伊凡·伊里奇便觉得超出了他的期望。他不禁想，等全部完工了，宅子该是多雅致，一点也不流于俗套。临睡前，他想象他的前厅将是什么样子。他瞧着没有布置好的客厅，仿佛看到壁炉、屏风、古董架、散放着的小椅子、墙上的挂盘和铜器都已安放得井井有条了。他想到妻子和女儿在这方面跟他一向是品味一致的，想到她们看到自己的成果大吃一惊的模样，不禁暗暗高兴。她们一定想不到会有这样的气派。他特别得意的是买到一些价廉物美的古董，使整座房子显得格外豪华。他在信里故意把情况说得差一些，这样她们一看到就会更加惊讶。他热衷于装饰新居，就连对心爱的公务都不那么感兴趣了。有时法院开庭，他也会心不在焉：他正思量着用什么样的窗帘顶檐，直的还是拱的。他对这事兴致勃勃，亲自动手安放家具，重新挂上窗帘。有一次他爬到梯子上，指点愚笨的沙发裁缝怎样挂窗帘，一不留神失足掉下来，但他是个强壮而灵活的男子汉，立刻站住了，只是腰撞在窗框上，伤处痛了一阵，不久就好了。这段时间里，伊凡·伊里奇觉得自己特别快乐和健康。他写信说：我感到自己仿佛年轻了十五岁。他原想到九月底把房子布置好，结果拖到十月半。不过，房子布置得十分雅致，不仅他自己这么认为，凡是看到的人都这么说。

不过说白了，这宅子也就是一般人家的模样，虽然看上去弄得像豪门望族一样，但结果还是白费力气，明眼人一看就知道俗气，千篇一律的尽是花缎、红木家具、盆花、地毯、古铜器等等。一定阶级的人总是拿这些东西来显示他们的身份，伊凡·伊里奇也不例外。但他自己却自鸣得意，以为与众不同。他到车站去接家眷，把他们带到装修一新的寓所里，系白领带的男仆打开摆满鲜花的前厅，他们走进客厅、书房，高兴得欢呼起来。他领着他们到各处观看，得意扬扬地听着他们的称赞，容光焕发，感到十分幸福。当天晚上喝茶的时候，普拉斯柯菲雅·费多罗夫娜随便问到他是怎么摔跤的，他就笑着做给他们看，他怎样从梯子上掉下来，把沙发裁缝吓坏了。

“幸亏我身体强健。要是换了别人，准会摔坏的，可我只在这儿撞了一下，摸摸有点疼，但已经好多了，只是有点青肿。”

他们的新生活显得特别舒心，起码在还没完全安定下来之前，总有这样那样的事情要照料，房子还没有完全布置好，需要再买些什么，定制些什么，有些东西需要搬动，有些东西需要调整。尽管夫妇之间有时意见相左，但两人对新的生活都很满意，而且有许多事要做，因此没有发生大的争吵。等一切都安排妥当，他们开始感到有点空虚，觉得生活开始无聊，但随着他们认识的朋友越来越多，社交生活开始丰富起来，这种情况才有所缓解。

伊凡·伊里奇上午在法院办公，下午回家吃饭，一开始心情总是很好，虽然也会为了芝麻绿豆大的事情生生气。例如，他发现桌布或沙发面子上有污点，窗帘系带断了，看到他煞费苦心置办的东西被损坏，心里难免不高兴。不过，伊凡·伊里奇的生活还是过得很惬意的，轻松、愉快而体面。他每天早晨九时起床，喝咖啡，看报，然后穿上制服去法院。在伊凡·伊里奇到法院之前，一切都已准备停当。来访者已经在接待室等着了，要处理的有关诉讼的问题也整理好了，他主持诉讼案件，出席公开庭和预备庭，一切都井井有条。他必须排除各种外来干预，免得妨碍诉讼程序，同时严禁徇私枉法，严格依法办事。要是有人想探听什么事，而这事不在伊凡·伊里奇管辖范围，他便跟此人划清关系，但要是这人有正式公文，上面写明事由，那么伊凡·伊里奇就在法律许可的范围内尽心尽力地办事，融情于法，让双方都满意。但只要事情结束，这些人情关系，伊凡·伊里奇便逃得一干二净。有时候，伊凡·伊里奇甚至会听任人情与法理混淆起来，因为他自信有能力把两者分清楚，把所有事都处理得井井有条。在休庭的时候，伊凡·伊里奇就与同事们抽烟，喝茶，玩纸牌，谈天说地，说说时事，聊聊最近时兴的话题，但谈得最多的还是官场上的人事变更。一天下来，虽然累却充实愉快，像是第一提琴手刚刚奏完了一场精彩的交响乐。回到家中一切都井然有序：或是妻子同女儿外出打牌消遣去了，或是家中来了客人，或是儿子上学去了，也有时正和家庭教师学习。总之一切都很合意。吃过了晚饭，要是家里没有客人，伊凡·伊里奇便坐下来看会儿时下流行的小说，再不然就做点事，看看公文啦，研究研究案例证据之类的。这些事情既不算有趣也不算无聊。同打牌消遣比起来可能是无聊了一些，但总比无所事事或者面对妻子来得有趣一些。对伊凡·伊里奇而言，他最热衷的事不过就是请上流社会的男男女女来家中做客。但他的这些消遣跟其他同样身份的人没有差别，犹如他的客厅跟人家的客厅没有差别一样。

除此之外，家中甚至还办过一次舞会。舞会的一切都进行得很顺利，伊凡·伊里奇自己也很满意。唯一美中不足的就是同妻子关于糖果糕点的事情吵了一架。关于这个舞会，普拉斯柯菲雅·费多罗夫娜本来自有打算，但伊凡·伊里奇却坚持要在高档糖果店买糕点和糖果，而且一不小心买得太多了。所以当妻子看到这么多蛋糕被浪费了，同时还有一张四十五卢布的账单的时候，两人便不可避免地吵起来了。妻子骂他是个无知的低能儿，伊凡·伊里奇只好低着头，心中忿忿地想着离婚来解解气。

不过，晚会本身还是很不错的，前来参加的都是社会名流。伊凡·伊里奇同特鲁峰诺娃公爵夫人跳舞。特鲁峰诺娃公爵夫人的姐姐就是著名的“消灭苦难会”的创办人。身居要职的乐趣不外乎就是权力的游戏。但伊凡·伊里奇可不这么想，他真正的乐趣在于打牌，不管生活上遇到什么烦恼，只要坐下来打牌，烦恼就风吹云散了，像是蜡烛驱除黑暗一样。当然了，好的牌友必须不吵不闹，安安静静，本本分分，而且一定要四人一起（五人一起打就很难有结果，虽然得装出很感兴趣的样子），认认真真地打（要是顺手的话），然后吃点夜宵，喝一大杯葡萄酒。打过牌以后睡觉，尤其是稍微赢一点钱（赢得太多也不好），伊凡·伊里奇觉得特别愉快。

他们就这样过着日子。他们家的来客都是达官贵人，有的地位显赫，有的年少英俊。

夫妻和女儿待人的态度完全一致，凡是满脸堆笑、投奔到他们那间墙上装饰着日本盘子的客厅来的潦倒亲友，他们都加以排斥。不久，这些寒酸的亲友不再上门，高洛文家的来客就限于达官贵人。年轻人纷纷追求丽莎，其中包括彼特利歇夫，那是德米特里·伊凡内奇·彼特利歇夫的儿子，又是他财产的唯一继承人，现任法院侦讯官。他也在热烈地追求丽莎，伊凡·伊里奇已在跟普拉斯柯菲雅·费多罗夫娜商量：要不要让他们一起坐三驾马车，或者举办一次堂会看看表演。他们就这样过着日子，一切都称心如意，波澜不惊。

四

家里人个个身体健康，只有伊凡·伊里奇有时会觉得嘴里有一种怪味，左腹有点不舒服，但只是有些不舒服而已，说不上什么大病。

但这种不舒服的感觉日益明显了，说不清楚的痛楚，左腹始终隐隐胀痛，感觉很难受。他脾气越来越不好，甚至影响了全家快乐而体面的生活。夫妇吵嘴的事越来越多，轻松愉快的气氛消失了，体面也很难维持。争吵更加频繁，夫妇之间相安无事的日子少得就像汪洋大海里的小岛。

如今普拉斯柯菲雅·费多罗夫娜终于可以责怪自己丈夫脾气差了。她往往说话夸张，总是说自己丈夫性格乖张，要不是自己心肠软，这二十年可真没法忍受。现在终于一言成真，伊凡·伊里奇一吃饭就开始发脾气，从吃汤开始，一会儿发现碗碟有裂痕，一会儿批评饭菜烧得不好吃，一会儿责备儿子吃饭把臂肘搁在桌上，一会儿批评女儿的发式不正派。而罪魁祸首总是普拉斯柯菲雅·费多罗夫娜，普拉斯柯菲雅·费多罗夫娜起初总要跟他争吵，也对他说了一些难听的话，直到她最终留意到每次一吃饭丈夫就勃然大怒，她终于明白过来，这是一种由进食而引起的病态，便克制自己，不再还嘴，只盼着快点吃完饭了事。普拉斯柯菲雅·费多罗夫娜认为自己对丈夫这样忍让是一种美德。在把家里的这些不愉快都归结到丈夫的坏脾气上后，普拉斯柯菲雅·费多罗夫娜越发对自己怜悯起来，她觉得自己生活中的一切不幸都是丈夫带来的。这样想着，她就越发地恨起自己的丈夫来了。她开始盼着丈夫死，但一想，丈夫死了，薪水就没了，又有点左右为难，就算是丈夫死了，也不能把她从这样不幸的生活中解救出来。于是，她只好对自己丈夫的坏脾气忍气吞声，但她越这样，越是容易激怒伊凡·伊里奇，双方陷入了越来越讨厌对方的怪圈。

有一次，两人吵架，伊凡·伊里奇特别不讲理。事后他解释说，自己脾气差是得了病的缘故，妻子便说，要是得病了，就得去请一位名医回来好好看看。

于是，伊凡·伊里奇便去找医生。这和他预想的一模一样，在休息室等待，照例有一种独特的紧张气氛。不用说，这种气氛也是医生故意而为之的，一切都让伊凡·伊里奇感到格外熟悉（这跟自己在法庭上的做法不是如出一辙嘛）：紧张兮兮地问东问西，严肃的表情好像在说，你放心地把自己交付给我们吧，我们知道该怎么做。而实际上呢，医生应付病人就好像自己在法庭上应付别人一样，对谁都是那现成的一套。

医生如此这般、如此那般地对伊凡·伊里奇说了一通，安排他去做体检，又说如果体检结果不能证明他所说的，那他就只能认为如何如何了。但如果是如何如何，那么……其实对伊凡·伊里奇来说，关键的问题只有一个，那就是他这病到底严不严重。但医生对这个不合时宜的问题置之不理，他们觉得这个问题没什么价值，不需要讨论。他感兴趣的问题是这病到底是游走肾，还是慢性盲肠炎，无关伊凡·伊里奇的生死问题，只存在游走肾和盲肠炎之间的诊断。在伊凡·伊里奇看来，医生已明确认定是盲肠炎，但又保留说，等小便化验后可以得到新的资料，到那时再做进一步诊断。这就跟伊凡·伊里奇上千次振振有词地对被告宣布罪状一模一样。医生也是那么得意扬扬，甚至是从眼镜上方看着他，振振有词地做结论。从医生或其他人都无所谓的结论中，伊凡·伊里奇断定情况严重，非同小可，这是个沉重的打击，他开始怜悯自己，同时十分憎恨起毫无同情心、对此无动于衷的医生来。

不过他什么也没有说，站起来，把钱往桌上一放，叹了一口气：

“也许我们病人常向您提些不该问的问题，”他说，“我只想知道，这病是不是有危险？”

医生从眼镜上方冷冷地瞪了他一眼，仿佛在说：被告，如果你不继续按规定回答问题，我将不得不命令把你带出法庭。

“该说的我都和您说了，”医生道，“详细情况要等化验报告出来了才知道。”

伊凡·伊里奇慢吞吞地走出诊所，垂头丧气地坐上雪橇回家。一路上他反复思考医生的话，竭力把难懂的医学用语翻译成普通的话，想从中找出问题的答案：我的病到底怎么样？严重还是不严重？是不是现在还不知道？他觉得医生所有的话，都表示病情严重。伊凡·伊里奇觉得心情抑郁，连同周遭的一切都是抑郁的，街道是阴郁的，车夫是阴郁的，房子是阴郁的，路上行人是阴郁的，小铺子是阴郁的。他身上的疼痛一秒钟也没有停止过，听了医生模棱两可的话后就觉得越发厉害了。

伊凡·伊里奇心情沉重地忍受着身上的疼痛，回到家里，向妻子讲述看病的经过，刚讲到一半，女儿就戴着帽子进来了，要同母亲一起出去。女儿非常勉强地坐下来，听他继续讲这无聊的事，但她很快就不耐烦了，影响到母亲也没有耐心听完他的话。

“哦，我很高兴，”妻子说，“今后你一定要准时吃药。把药方给我，我叫盖拉西姆到药房去抓药。”说完，她就去换衣服了。

妻子在屋子里时，他不敢大声喘气，等她走了，便深深地叹了一口气。

“好吧，”伊凡·伊里奇说，“也许真的还不要紧……”

伊凡·伊里奇开始吃药，遵循医嘱。体检报告出来以后，医生又改了药方。不过，小便化验结果和临床症状之间有矛盾。不知怎的，医生说的与实际情况不符，也许是医生疏忽了，也许是撒谎，也许有什么事瞒着他。不过伊凡·伊里奇还是照医生的话养病，心里稍稍安定了一阵。

伊凡·伊里奇看过病后，努力遵循医嘱，讲卫生，服药，注意疼痛和大小便的情况。现在他最感兴趣的话题就是疾病与健康。人家一谈到病人、死亡、康复，特别是谈到跟他相似的病，他表面上装作无所谓，暗地里却全神贯注地听着，有时提些问题，把听到的情况同自己的病情做着比较。

虽然实际上疼痛没有减轻，但伊凡·伊里奇强迫自己承认好一点了。没有事惹他生气，他还能欺骗自己，要是同妻子发生争吵，公务上不顺利，打牌输钱，他会立刻感到病情严重。以前遇到挫折他总是希望时来运转，打牌顺手，获得大满贯。可是现在每次遇到挫折，他都会悲观绝望，丧失信心。他对自己说：唉，我刚刚有点好转，药物刚刚见效，就遇到这倒霉的事……于是他恨那种倒霉事，恨给他带来不幸并要置他于死命的人。他明白这种愤怒在危害他的生命，但他无法自制。照理他应该明白，他这样怨天尤人只会使病情加重，因此遇到不愉快的事，不应该放在心上，可是他的行为正好相反。他说，他需要安宁，并且特别警惕破坏安宁的事。只要他的安宁稍稍遇到破坏，他就大发雷霆。他读医书，向医生请教，结果有害无益。情况是逐渐恶化的，因此拿今天同昨天比较，差别似乎并不大，他还能聊以自慰，但同医生一商量，就觉得病情在不断恶化，而且发展得很快。尽管如此，他还是经常请教医生。

这个月，伊凡·伊里奇又去见了一位名医。这个医生的结论跟上一个医生说得一模一样，但是问的问题却大不一样，这一点使得伊凡·伊里奇更加焦虑不安起来。这个医生给他重新开了药方，伊凡·伊里奇谁也没告诉，偷偷按着药方吃了一个礼拜。但是这前后两个医生开的药都没有效果，伊凡·伊里奇就灰心丧气起来。有一次听到一个妇人在讨论什么神奇的散步疗法，伊凡·伊里奇发现自己听得入神，后来又猛然醒悟：自己何时竟开始听信这种荒诞无稽的说法！难道我神经衰弱到这种程度了吗？他自言自语。废话！真是荒唐，这样神经过敏要不得，应该选定一个医生，听他的话好好疗养，就这么办，我决定了，不再胡思乱想，严格遵照这种疗法，一直坚持到夏天，到那时会见效的。别再犹豫不决了！这话说说容易，实行起来可难了。伊凡·伊里奇一刻不停地忍受着越来越严重的腰疼折磨。他觉得嘴里的味道越来越浓重，甚至一张嘴就有一股口臭，胃口越来越差，体力越来越弱。他已经不能再欺骗自己了：自己的身体已经出现了大问题。这一点只有他自己明白，周围的人浑然不觉，或者是不想知道。他们总以为天下太平，一切如旧。这一点使伊凡·伊里奇觉得格外难受。家里人，尤其是妻子和女儿，热衷于社交活动。她们什么也不明白，还埋怨他情绪不好，难以伺候，仿佛是他不对似的。尽管她们嘴里没说，他已明显地感到，他成了她们的累赘，妻子对他的病早有定论，不管他说什么或做什么，她的态度都不会变。

“不瞒您说，”她对熟人说，“伊凡·伊里奇就是不会老老实实地听医生的话。今天他听医生的话服药，吃东西，明天我一疏忽，他就忘记吃药，还吃鳇鱼（那是医生禁止的），而且竟然坐下来打牌，一打就打到深夜一点钟。”

“哼，几时有过这种事？”伊凡·伊里奇恼怒地说，“总共就在彼得·伊凡内奇家打过一次。”

“昨天不是跟谢贝克一起打过吗？”

“这，反正就算不打牌，我也会疼得通宵睡不着。”

“不管怎么说，你这个样子什么时候才能好？弄得我们也不好过。”

普拉斯柯菲雅·费多罗夫娜向人家也向伊凡·伊里奇本人说，他生病主要是他自己不好，不仅给自己也给她这个妻子带来了痛苦。伊凡·伊里奇虽然理智上同意她的观点，但是情感上总觉得失落落的，不痛快。

在法庭里也是一回事，伊凡·伊里奇总是感觉，或者是他自以为自己感觉到了别人对待他态度有异，觉得人家觊觎着他的位置。他的朋友们总拿这事跟他开玩笑，说他有这种心情完全都是自己瞎想出来的。对此，伊凡·伊里奇心里不舒坦，嘴上却不能说什么。尤其是施瓦尔茨，他说话彬彬有礼又有一种诙谐幽默的感觉，使伊凡·伊里奇想起十年前自己的模样。不知为何，这让他尤其不舒服。

有一次，家里来了几个朋友打牌。他拿出一副新牌，洗了洗，发了牌，数了数，总共有七张方块。这时候他的搭档说自己没有王牌，又给了他两张红方块。有这种好事还指望什么呢？马上就要赢个大满贯了，刚觉得有些高兴，伊凡·伊里奇突然又感到腰间抽痛和嘴里的那股味道。身子都这样了，赢了大满贯又有什么值得高兴的呢？伊凡·伊里奇暗自想道。

他瞧着他的搭档米哈伊尔·米哈伊洛维奇，看着他替自己抓了一手牌。他手里接过搭档递过来的纸牌，心里却想着：他是不是以为我身子虚得连手都伸不出去了？伊凡·伊里奇这样想着，不小心出错了牌，用更大的王牌去压搭档的牌，结果少了三墩牌，失去了大满贯。他看着米哈伊尔·米哈伊洛维奇，觉得搭档的脸色十分难看，表面上却装得无所谓。他干嘛要装着若无其事？是不是觉得我这将死之人，不能太计较？这样想象着，伊凡·伊里奇心中一阵害怕。

大家看出他很痛苦，对他说："您要是累了，我们就不打了。您休息一会儿吧。"休息？不，他一点也不累，可以把一圈牌打完。但是大家闷闷不乐，谁也不开口。伊凡·伊里奇觉得是他害得大家这样闷闷不乐，但是他对此又束手无策。客人们吃过晚饭，各自走散了。伊凡·伊里奇独自留在家里，意识到他的生命遭到了毒害，还毒害了别人的生命，这种毒不仅没有减轻，而且越来越深地渗透到他的全身。

他常常抱着这样的想法，心理负担重，再加上肉体的痛楚，他只能卧床休息，但常常是整夜整夜的睡不着觉。但第二天他还是得起床，穿衣，去法庭，跟往常一样说话写字。就算有时候呆在家里不出去，那也是另一种折磨，二十四小时不间断的折磨。他得一个人默默承受这种精神和肉体上的折磨，没人能理解，也没人会试着去理解。

五

就这样过了两个月的光景。新年前夕，他的内弟来到他们城里，住在他们家。内弟他们到的时候，伊凡·伊里奇还在法庭没到家，妻子普拉斯柯菲雅·费多罗夫娜上街买东西去了。伊凡·伊里奇回到家里，走进书房，看见体格强壮、脸色红润的内弟正在整理行李箱。他听见伊凡·伊里奇的脚步声，抬起头，默默地对他瞧了一会儿。他的眼神向伊凡·伊里奇说明了问题。内弟张大嘴，差点就要惊讶地叫出来，最后忍住了。但伊凡·伊里奇一看他这神情就明白了。

“怎么，我的样子变了吗?”

“是的……有点变。”

接着，伊凡·伊里奇想方设法地同内弟讨论自己模样变化的问题，但内弟却绝口不提了。普拉斯柯菲雅·费多罗夫娜一回来，内弟就到她屋里去了。伊凡·伊里奇锁上房门，去照镜子，先照正面，再照侧面。他拿起同妻子合拍的照片，拿它同镜子里的自己做着比较。果然，变化很大。然后他把双臂露到肘部，打量了一番，才放下袖子，在软榻上坐下来，这时候，他脸色已经变得很难看了。

“别这样，别这样，”伊凡·伊里奇一边自言自语，一边猛地站起来，拿出一些法律公文打算工作，却发现自己怎么也静不下心来。于是，他又站起来，开门，走到前厅，看到客房的门关得死死的。伊凡·伊里奇踮着脚走到门边，侧着耳朵听 。

“没有吧，你太夸张了。”普拉斯柯菲雅·费多罗夫娜说。

“夸张？你难道没有感觉？他已经像个死人了。你看看他的眼睛，没有一点神采。他这是怎么回事?”

“谁知道呢，尼古拉耶夫医生说的，我听不明白，而列谢季茨基医生说的又正好相反……”

伊凡·伊里奇回到自己屋里，躺下来想：肾，游走肾。他回忆起医生们是如何解释自己的肾脱离了原位，在身体里晃的情况的。他竭力在想象中捕捉这个肾脏，不让它游走，把它固定下来。想象中，这件事应当是轻而易举的。不，我还是去找找彼得·伊凡内奇，那个有医生朋友的朋友。伊凡·伊里奇打定了主意，吩咐套车，准备出去。

“亲爱的，你上哪儿去?”妻子问道，神色中有着不同寻常的担忧和贤惠。

妻子这样的神情令他十分不快，他阴郁地看了她一眼，道：“我去找彼得·伊凡内奇。”

他去找这个有医生朋友的朋友，然后跟他一起到医生家去，在那里，他同医生聊了很久。

医生从解剖学和生理学的角度，对他细细解释，这次他全听懂了。

盲肠里有点毛病，只是小毛病，能看好的。注意加强某个器官的功能，减轻另一个器官的负担，再注意吸收，他这毛病就会好了。吃饭时，他晚到了很久。吃过饭，他又兴致勃勃地就此事说了很久，似乎总是不能定下心来做事。最后他回到书房开始着手工作。他批阅公文，处理公事，但心里总是记挂着某一件事，到底是什么事他却想不起来。等处理完了工作，他才记起那件事就是盲肠的毛病。但他没在这件事上多做考虑，而是走到客厅喝茶。客厅里来了好几个人，那个正在追求女儿的检察官也在，大家喝喝茶，弹弹钢琴，唱唱曲，相谈甚欢。据普拉斯柯菲雅·费多罗夫娜回忆，伊凡·伊里奇那天晚上过得比谁都快活，实际上，伊凡·伊里奇一直惦记着自己盲肠的毛病。十一点钟他向大家告辞，回自己屋里去。自从生病以来，他就独自睡在书房旁边的一个小房间里了。他走进屋里，脱了衣服，拿起一本左拉的小说，却怎么也看不下去，一直在想心事。他想象盲肠被治愈了，吸收，排泄的功能渐渐恢复正常。对了，就是那么一回事，他自言自语，只要补养补养身体就好了。他想到了药，支起身来，服了药，又仰面躺下，仔细体味药物怎样在治病，怎样在制止疼痛。只要按时服药，避免不良影响就行。我现在已觉得好一点了，好多了。这样想着，他按按腰部，果然感觉不疼了。于是，他灭了蜡烛，侧身躺下……盲肠在逐渐恢复，逐渐吸收。突然，他又感觉到那种熟悉的隐痛，痛得一刻不停，而且很厉害，嘴里又是那种恶臭。他顿时心头发凉，头脑发晕。“天哪！天哪！”他喃喃地说，“又来了，又来了，我这病是再也好不了了！”突然他觉得完全不是那么一回事。“哼，盲肠！肾脏！”他自言自语，“问题根本不在盲肠，不在肾脏，而在生和……死。生命，以前我觉得它天经地义，现在却觉得它正从我手中悄悄溜走，而我却无能为力。干嘛要欺骗自己呢？其实除了我之外，谁都清楚地知道我快死了。可能就是这几个礼拜，这几天，不，可能随时都会发生的事。就像刚才点着蜡烛就有光亮，现在蜡烛灭了就什么也没有了，只剩下黑暗。我活着的时候是在这里，那等我死了呢？我又会去哪里？难道死了就一了百了？”

“不，我不愿死！”他霍地跳起来，想点燃蜡烛，用颤动的双手摸索着，慌乱中却把蜡烛和烛台碰翻了，落到地上。他又仰面倒在枕头上。

“何必呢？反正都一样，”他在黑暗中瞪着一双眼睛，自言自语，“死，是的，死。他们谁也不知道，谁也不想知道，谁也不可怜我。他们玩得可乐了。（他听见远处传来喧闹和伴奏声。）他们现在是无所谓，可他们有朝一日也要死的。都是傻瓜！我先死，他们后死，最终谁也逃不掉。可他们还乐呢。畜生！”

他愤怒得喘不过气来。支起身子，又感觉一阵痛苦袭来。难道无论是谁，死之前都要遭这种罪吗？他暗自想着。

“到底我是哪里出的毛病，我得冷静下来，从头想想。”他开始思索，“对了，就是那天挂窗帘，我摔下来撞了一下腰。但过了一两天我还是好好的。稍微有点疼，后来疼得厉害了，后来请医生，后来泄气了，发愁了，后来又请医生，但越来越接近深渊。体力越来越差，越来越接近……越来越接近……我的身子虚透了，我的眼睛没有光。

我要死了，可我还以为是盲肠有病。我想治好盲肠，其实是死神临头了。难道真的要死吗?”他又感到魂飞魄散，呼吸急促，恐惧不安。他侧身摸索火柴，一只手撑着床沿。手肘撑得发痛，他恼火了，撑得更加使劲，结果把床几推倒了。他绝望得喘不过气来，又仰面倒下，恨不得立刻死去。

这会儿，客人们正要离开，普拉斯柯菲雅·费多罗夫娜送他们走。她听见书房里有响动，随即走了进来。

“你怎么了?”

“没什么，不留神把它撞倒了。”

她走出去，拿着一支蜡烛进来，看见他躺着，呼吸很重很急，好像刚跑完了几里路，眼睛却呆滞地瞧着她。

“你怎么了?”

“没……什么，撞……倒了。”他回答，心里却想：有什么可说的呢，她不会明白的。

她确实不明白。她扶起床几，给他点上蜡烛，又匆匆走掉了：她还得送客。

等她回来，他仍旧仰天躺着，眼睛瞪着天花板。

“你怎么了，更加不舒服吗?”

“是的。”

她摇摇头，坐下来。

“我说，我们把列歇季茨基请到家里来好吗?”

花重金请那个“名医”回来?他冷笑了一声说：“不用了。”她坐了一会儿，走到他旁边，吻了吻他的前额。

她吻他的时候，他从心底憎恨她，好容易才忍住不把她推开。

“再见。上帝保佑你好好睡一觉。”

“嗯。”

六

在内心深处，伊凡·伊里奇知道自己命不久矣，但他对这个念头很不习惯，不能理解也不愿意去理解这个念头。

他在基捷韦帖尔的《逻辑学》里读到这样一种三段论法：盖尤斯是人，凡人都要死，因此盖尤斯也要死。他始终认为这个例子只适用于盖尤斯，绝对不适用于他。盖尤斯是人，一个逻辑学抽象概念中的人，人的寿命就是有限的，这个道理正确得不能再正确了。但他不是盖尤斯，他不是一个抽象的存在，他是活生生的，与众不同的存在。他有过童年，有妈妈，有爸爸，有两个兄弟——米嘉和伏洛嘉，有许多玩具，有马车夫，有保姆，后来又有了妹妹卡嘉。他还记得自己童年、少年、中年时的那些喜怒哀乐。难道盖尤斯也闻到过他小时候喜爱的那种花皮球的气味？难道盖尤斯也那么吻过妈妈的手，听到过妈妈衣裳褶皱的声音？难道盖尤斯也曾在法学院里因点心不好吃而闹过事吗？难道盖尤斯也像他那样谈过恋爱？难道盖尤斯能像他那样主持审讯？

盖尤斯的确是要死的，要他死是正常的，但我是小伊凡，是伊凡·伊里奇，我有我的思想感情，跟他截然不同。我不该死，要不真是太可怕了。

这就是他的心情。

“要是我将像盖尤斯那样死去，那我一定会知道，一定会听到内心的声音，可是我心里没有这样的声音。我和我的朋友们都认为我和盖尤斯不同。可是如今呢？”他自言自语，“这是不可能的，不可能发生的，可事实就摆在这里。这该怎么办，这叫人怎么理解？”

他实在无法理解，于是竭力把这个怪异的坏念头驱逐出脑子，去想一些健康的快乐的事情。但这不仅仅是个念头而已，这是摆在面前的现实，挥之不去。

为了不去想这个事情，伊凡·伊里奇想了一连串其他事情以求得些许安慰。以前只要努力去想其他事，关于死亡的念头就不见了，可奇怪的是，最近这种方法总是不见效。有时他就想，要不然去工作？毕竟我以前一向都是靠这个分神的。他把一切顾虑都扔在一边，铁了心去上班。他照例和同事们聊天，漫不经心地在法官席上坐下来，故作深沉地望一眼地下的人们，把骨瘦如柴的双臂搁在椅子的扶手上。他照例侧身凑近身旁的同事，将宗卷挪过来些以便于和同事交流，然后突然坐直身子，抬起眼睛，说几句冠冕堂皇的话宣布开庭。但审讯到一半，腰间的痛楚又不合时宜地袭来。伊凡·伊里奇定下神，竭力不去想它，可是没有用，它就站在他面前，仿佛直勾勾地盯着他。他被吓得呆若木鸡，眼神涣散，又开始不由自主地感觉一切都变得虚无缥缈起来，只有病痛是如此真实。他的同事和下属都不由惊讶又惋惜地发现，以往精明能干、做事缜密的法官如今已变得思维迟钝、频频出错了。他还是努力振作精神，坚持到结案，闷闷不乐地回家。因为此时他已经明白了，即使是工作也不能分散他的注意力了。但最令他痛心的是，面对病痛，他毫无还手之力，最多不过是自欺欺人罢了。

有时候他会走进自己精心布置的客厅，那正是他摔跤的地方，他自嘲地想，就是为了布置这个客厅，他居然连性命都要丢掉了。他审视着油漆一新的桌上，看到上面有被什么东西划过的痕迹。他仔细观察，发现那是被照相簿上弯卷的青铜饰边划破的。他拿起自己精心准备的相簿，看到相簿被他女儿和女儿的朋友弄得不成样子，顿时有些生气，有的照片被折了角，有的放颠倒了。他重新整理照片，把相簿放到原来的地方。他忽然想把这些东西都搬到房间的另一个角落里，搬到靠近花盆的地方。他原想叫仆人来帮忙，但是他知道一喊人帮忙，他的妻子女儿就会过来，而她们绝对不会同意他这个重新布置的想法，然后家里又要吵架，惹得自己生气。还是算了吧，眼不见为净，自然也就不会想这件事了。

不过，当他亲自动手挪动东西的时候，妻子对他说：“啊，让仆人搬吧，你又要糟蹋自己了。”就在这个时候，又是一阵疼痛。他希望疼痛能很快过去，事与愿违，他的注意力却完全被转移到疼痛上去了。

它就跟以前一样站在面前直勾勾望着他，还是那样的疼。他再也没办法不去想它，只是苦恼地想：这一切都是为了什么啊？

“真的，我居然是为了这窗帘丢掉性命，多么滑稽可笑！这不可能是真的！不可能！”他回到书房里躺下，又同它单独相处，同它面面相觑，却束手无策，只能看着它浑身发抖。

七

伊凡·伊里奇到底是怎么得病的，谁也说不清楚，因为病情是慢慢恶化的，不易察觉。但妻子也好，女儿也好，儿子也好，用人也好，朋友也好，医生也好，包括他自己，都知道，现在大家关心的问题是，他的位置什么时候空出来。这样一来，至少他的死能给活着的人带来一些好处。

他睡得越来越少，医生给他服鸦片，注射吗啡，但这对他并没有什么帮助。起初，这些药物能使他变得昏昏沉沉，对病痛麻木，让他稍感解脱。但只消一会，病痛便会重新席卷而来，而且更加来势汹汹。

因为生病，他的食物也按照医生的吩咐另行安排。他觉得所有的食物越来越难吃，不合胃口。他上厕所的事也要人帮忙。这种帮忙对他而言就是一种折磨。像大便这种不洁净、不体面的事，他也需要别人帮忙，这使他觉得尤其尴尬。

不过，在这件不愉快的事上，伊凡·伊里奇倒也得到一种安慰，那就是男仆盖拉西姆。盖拉西姆是个年轻的庄稼汉，衣着整洁，容光焕发，因为长期吃城里伙食长得格外强壮。他性格开朗，总是乐呵呵的。开始的时候，这个整洁的小伙子身穿俄罗斯民族服，做着这种不体面的事，总使伊凡·伊里奇感到困窘。

有一次，他从便盆上起来，无力拉上裤子，就倒在沙发上。他看见自己皮包骨头的大腿，不禁心惊胆战。盖拉西姆脚蹬散发着柏油味的大皮靴，身上系着干净的麻布围裙，穿着干净的印花布衬衫，卷起袖子，露出年轻强壮的胳膊，带着清新的冬天空气走进来。他目光避开伊凡·伊里奇，竭力抑制着从焕发的容光中表现出来的生的欢乐，免得病人见了不高兴，走到便盆旁。

“盖拉西姆。”伊凡·伊里奇有气无力地叫道。

盖拉西姆打了个哆嗦，显然害怕自己什么地方做得不对，慌忙把他那张刚开始长胡子的淳朴善良而又年轻的脸转过来对着病人。

“老爷，您有什么吩咐?”

“让你做这种事真是委屈你了，但是，盖拉西姆，原谅我吧，我是实在没有办法了。”

“说什么委屈啊，”盖拉西姆眨着眼睛，露出一排洁白健康的牙齿，“那算得了什么？您这不是生病了嘛。”

他用他那年轻健壮的手熟练地干着活，轻手轻脚地走出去，不到五分钟又轻手轻脚地走进来。

伊凡·伊里奇还是保持那个姿势，一动不动地坐在沙发上。

“盖拉西姆，”当盖拉西姆把洗干净的便盆放回原处时，伊凡·伊里奇把他喊过来，“你过来搀我一把，我自己爬不起来。德米特里不在，被我派出去了。”

盖拉西姆走过去，用他那双健壮的双手利索又温柔地把主人抱起来，这事好像走路一样轻松。他一只手扶住他，另一只手给他拉上裤子，想让他坐下。但伊凡·伊里奇要求把他扶到长沙发上。盖拉西姆一点也不费劲，稳稳当当地把他抱到长沙发上坐下。

“谢谢。你干得不错。”

盖拉西姆朝他微微一笑便准备离开房间，可是伊凡·伊里奇突然觉得同他在一起很愉快，舍不得他走。

"还有，帮我把那把椅子推过来吧。不，是那一把，让我搁腿。腿搁得高，好受些。"

盖拉西姆搬过椅子，轻轻地把它放在长沙发前，然后抬起伊凡·伊里奇的双腿放在上面。当盖拉西姆把他的腿高高抬起时，他觉得舒服些。

"腿抬得高，我觉得舒服些，"伊凡·伊里奇说，"你把这个枕头给我垫在下面。"

盖拉西姆照他的吩咐做了，把他的腿抬起来放好。盖拉两姆抬起他的双腿，他觉得确实好过些。双腿一放下，他又觉得不舒服了。

"盖拉西姆，"伊凡·伊里奇问他，"你现在有事吗?"

"没有，老爷。"盖拉西姆说，他已学会像城里仆人那样同老爷说话了。

"你还有什么活要干?"

"没什么了，都干好了，只要再劈点木柴留着明天用。"

"那你能过来帮忙把我的腿抬高一点吗?"

"当然可以了。"盖拉西姆把主人的腿抬起来，伊凡·伊里奇觉得这样一点也不疼了。

"那么劈柴怎么办?"

"不用老爷您操心，时间还宽裕得很。"

伊凡·伊里奇叫盖拉西姆坐下抬着他的腿，并同他谈话。说来也奇怪，只要盖拉西姆抬着他的腿，他就觉得好过多了。

从此以后伊凡·伊里奇就常常把盖拉西姆唤来，要他用肩膀扛着他的腿，并喜欢同他谈天。盖拉西姆的愉悦和善良感染了伊凡·伊里奇。别人身上的健康、力量和生气往往使伊凡·伊里奇感到屈辱，只有盖拉西姆的力量和生气不仅没有使他觉得伤心，反而让他感到安慰。

最让伊凡·伊里奇觉得难以忍受的是欺骗和谎言。似乎所有人都对这种谎言习以为常，不停地安慰着：这只是一场小病，只要好好治疗，假以时日就会痊愈的。可是他知道，不论采取什么办法，他都不会好了，痛苦只会越来越厉害，直到死去。这个谎言折磨着他，他感到痛苦的是，大家都知道，他自己也知道他的病很严重，但大家都忌讳真相而故意撒谎，还要迫使他自己一起撒谎。谎言，在他临死前夕散布的谎言，把他不久于人世这样严肃可怕的大事，缩小到访问、挂窗帘和晚餐吃鳇鱼等小事，这让他感到痛苦不堪。说也奇怪，好多次当他们就他的情况编造谎言时，他差一点大声叫出来："别再撒谎了，我快要死了。这事你们知道，我也知道，所以大家别再撒谎了。"但他从来没有勇气这样做。他看到，他不久于人世这样严肃可怕的事，被周围的人仅仅看成是一件不愉快或者不体面的事（就像一个人走进会客室从身上散发出臭气一样），还要勉强维持他一辈子苦苦支撑的"体面"。他看到，谁也不可怜他，谁也不想了解他的真实情况。只有盖拉西姆一人了解他，并且可怜他。因此只有同盖拉西姆在一起他才觉得好过些。盖拉西姆有时通宵扛着他的腿，不去睡觉，嘴里还说："您可不用操心，老爷，我回头会睡个够的。"这时他会得到安慰。或者当盖拉西姆脱口而出亲热地说："要是您没病就好了，我这样伺候伺候您算得了什么?"他也感到安慰。只有盖拉西姆一人不撒谎，显然也只有他一人明白真实情况，并且认为无须隐讳，但他怜悯日益消瘦的老爷。有一次伊凡·伊里奇打发他走，他直截了当地说："我们大家都要死的。我为什么不能伺候您呢?"他说这话的意思就是，现在他不辞辛劳，因为伺候的是个垂死的人，希望将来有朝一日轮到他的时候也有人这样伺候他。

除了这个谎言，或者正是由于这个谎言，伊凡·伊里奇觉得特别痛苦的是，没有一个人像他所希望的那样来可怜他。伊凡·伊里奇长时期受尽折磨，有时特别希望——尽管他不好意思承认——有人像疼爱有病的孩子那样疼爱他。他真希望有人疼他，吻他，对着他哭，就像人家疼爱孩子那样。他知道，他是个显赫的大官，已经胡子花白，因此这是不可能的，但他还是抱着这样的希望。他同盖拉西姆的关系近似这种关系，因此跟盖拉西姆在一起，他感到安慰。伊凡·伊里奇想哭，要人家疼他，对着他哭，不料这时他的法院同事谢贝克走来了，伊凡·伊里奇不仅没有哭，没有表示亲热，反而板起脸，现出严肃和沉思的神气，习惯成自然地说了他对复审的意见，并且坚持自己的看法。他周围的这种谎言和他自己所制造的谎言，比什么都厉害地毒害了他生命的最后日子。

八

一觉醒来已经是早上了。盖拉西姆已经出去了，仆人彼得已经把蜡烛吹熄，把窗帘拉开来，开始轻手轻脚地打扫卫生了。于是伊凡·伊里奇知道这是早上了。不过是早上还是晚上，是周五还是周六，这对伊凡·伊里奇来说又有什么意义呢？一切都是老样子，还是那种一刻不停的疼痛。对生命的感受如今只剩下了病痛，死亡的日益临近便是伊凡·伊里奇生命中唯一活生生的存在。都到了这种时候了，一周，一天或是一小时，对他又有什么差别呢。

“老爷，您要不要用茶？”

他还想着一切从长计议，还以为我还跟以前一样要早上喝茶。伊凡·伊里奇想着，只简单回了句：“不用了。”

“您要不要坐到沙发上去？”

“不要管我。”伊凡·伊里奇心里想着，他肯定是要打扫屋子，嫌我在这里碍事，嫌我又脏又乱。

男仆继续收拾屋子。伊凡·伊里奇伸出手来，彼得立即走上前去。

“老爷，您要什么？”

“我的表。”

彼得拿起手边的表，递给他。

“八点半了。她们起来了吗？”

“还没有，老爷。瓦西里·伊凡内奇（这是儿子）上学去了，太太关照过，要是您找她就把她叫起，要我去叫太太吗?”

“不，不用了。”他回答，接着想，喝点茶说不定会好些，于是就对彼得说，“对了，给我倒杯茶吧。”

彼得已经走到门口了，伊凡·伊里奇独自留着觉得害怕。“怎么不把他留住呢？有了，吃药。”他想了想，说：“彼得，帮我把药拿来。”接着又想：“是啊，说不定吃药还有用呢。”于是他拿起勺子吃药。“不，没有用。一切都是胡闹，都是欺骗。”他一尝到那种熟悉的甜腻腻的怪味，就想：“不，我再也不能相信了。可是这疼，太折磨人了，要是能停下来一会就好了。”他呻吟起来。彼得向他回过头来，他对彼得说：“你去吧，拿茶来。”

彼得走了出去，留下伊凡·伊里奇一个人在书房。他又开始呻吟起来，却不是因为病痛，而是因为精神上的折磨。整日整夜都是这样的日子，白大黑夜也分不清楚，还不如早点死呢。死亡，黑暗……不，好死不如赖活着！

彼得托着茶盘进来，伊凡·伊里奇茫然地看了他好一阵子，一瞬间没认出他是谁，不晓得他是干什么的。他这种目光弄得彼得很狼狈，使他露出尴尬的神色，最后，伊凡·伊里奇反应了过来。

“噢，茶……”他说，“好的，放着。你帮我洗洗脸，拿一件干净衬衫来。”

伊凡·伊里奇开始梳洗。他断断续续地洗手，洗脸，刷牙，梳头，然后照照镜子。他感到害怕，尤其是当他看到自己的头发是怎样贴着苍白的前额的时候。

在彼得给他换衬衫的时候，伊凡·伊里奇知道要是看到自己的身体，他会更加害怕，因此忍住了不往身上看。梳洗完毕了，他穿上晨衣，身上盖了一条方格毛毯，坐到扶手椅上喝茶。有那么一会儿他觉得神清气爽，但一喝茶，立刻又感到那种味道、那种疼痛。他勉强喝完茶，伸直腿躺下来，把彼得打发走了。

还是那个样子。一会儿出现了一线希望，一会儿又掉进绝望的海洋。老是疼，老是疼，老是绝望，一切都是老样子。一个人呆着，伊凡·伊里奇更觉得绝望，但他又不想叫家人来，他知道一把妻子女儿叫过来，心情准会更差。“不如再打一针吗啡好了，这样就没有感觉了。”伊凡·伊里奇想道：我得跟医生说，得让他做点什么，这样下去可不行。实在受不了了。

一小时、两小时就这样过去了。忽然前厅里响起了铃声，会不会是医生？果然是医生。他走进来，精神饱满，容光焕发，喜气洋洋。那副神气仿佛在说：你们何必这样大惊小怪，我这就来给你们解决问题。医生知道，这样的表情是不得体的，但他已经习惯了，改不掉，好像一个人一早穿上大礼服，就这样穿着一家家去拜客，没有办法改变了。

医生生机勃勃而又使人宽慰地搓搓手：“啊，真冷，可把我冻坏了，外边都霜冻了，先让我暖和暖和身子。”他说这话时的神气仿佛表示，只要稍微等一下，等他身子一暖和，就什么问题都解决了。

“嗯，最近感觉怎么样？”

伊凡·伊里奇觉得医生可能想说：最近有什么事？但就连他自己都觉得这么问有些不合时宜，于是就改口问：“昨晚睡得怎么样？”

伊凡·伊里奇望着医生，心想：老是撒谎，怎么不害臊呢？不过医生可能只是寒暄一下，没指望他说什么。

伊凡·伊里奇就说：“还是老样子，还是那么疼，一点也没变好。您能不能想点办法……”

“啊，你们病人总是这样。嗯，这会儿我可暖和了，就连普拉斯柯菲雅·费多罗夫娜那么挑剔的人，也不会说我的手冷了。嗯，您好。”医生说着握了握病人的手。

接着医生收起戏谑的口吻，现出严肃的神色给病人看病：把脉，量体温，叩诊，听诊。

伊凡·伊里奇清清楚楚地知道，这一切都毫无意思，全是骗人的，但医生跪在他面前，身子凑近他，贴着耳朵听，一会儿向上一会儿向下，神情严肃认真，他没好意思表露出自己的真实情绪。伊凡·伊里奇对这种场面已经习以为常，就像他在法庭上听辩护律师发言一样，尽管他明明知道他们都在撒谎以及为什么撒谎。

医生跪在沙发上，还靠在他身上一边敲打一边听。这时候门口传来普拉斯柯菲雅·费多罗夫娜穿衣裳的声音，夹杂着她责备彼得没有及时告诉她医生来了的声音。

她走了进来，吻了吻丈夫，立即解释说，她其实早就起来了，只是不知道医生来了，才没有早些过来。

伊凡·伊里奇望望她，打量着她的全身，对她那白净浮肿的双手和脖子、光泽的头发和充满活力的明亮眼睛感到嫌恶。他打心底里厌恶她，她的亲吻更让这种厌恶之情变得不可抑制起来。

她对待他和他的病还是老样子。就像医生对病人一样，[illegible]开始抱着什么样的态度就不会再改变了。她也是一样，觉得伊凡·伊里奇的病实在是自作孽，怪不得别人。她抱定了这种态度，说什么也不会改变。

“看吧，他就是不肯听我的，也不肯按时吃药，睡觉的姿势也对他不好，他总是把两腿垫高了睡。”

她告诉医生他怎样叫盖拉西姆扛着腿睡。

医生鄙夷不屑而又和蔼可亲地微微一笑，仿佛说：“有什么办法呢？病人总会做出这样的蠢事来，但情有可原。”

检查完毕，医生看了看表。这时普拉斯柯菲雅·费多罗夫娜向伊凡·伊里奇宣布，不管他是不是愿意，她今天就去请那位名医来，让他同米哈伊尔·达尼洛维奇（平时看病的医生）会诊一下，商量商量。

“请你不要反对，就当是为了我吧。”她嘲讽地说，让他觉得她做着一切都是为了他自己好。他不作声，皱起眉头，觉得周围是一片谎言，真真假假难以分清。

不管她做什么都是为了自己，也这么跟他讲。但那口气却好像是她做了多么了不起的事，让他觉得她做这一切都是为了他。

十一点半的时候，那位名医来了，于是又开始一系列的听诊。他们在他面前讨论病情，又跑到隔壁房间去讨论肾脏和盲肠，问他各种问题，他都一一回答，这一切都显得严肃认真。摆在伊凡·伊里奇面前的唯一的问题就是死亡何时降临，但现在，医生们用各种关于盲肠和肾脏的问题去替代了死亡的问题，似乎两位医生们还有办法治好他的毛病。

名医临别时神态十分严肃，但并没有绝望。伊凡·伊里奇问他还有没有可能恢复健康，他说可能性还是有的，但不能抱太大希望。这使得伊凡·伊里奇既害怕又欣喜。他用满怀希望的目光送别医生，他的样子那么可怜，以致普拉斯柯菲雅·费多罗夫娜走出书房付给医生出诊费时都忍不住哭了。

被医生鼓舞起来的希望并没有持续多久。还是那个房间，那些图画，那些窗帘，那种墙纸，那些药瓶，那个疼痛的身子。伊凡·伊里奇呻吟起来，医生给他注射了吗啡，不久便迷迷糊糊睡着了。

他醒来时，天色已经开始发黑。仆人给他送来晚餐，他勉强吃了一点牛肉汤，一切都是老样子，又是一天过去了。

饭后七点钟，普拉斯柯菲雅·费多罗夫娜走进他的房间。她穿着晚礼服，丰满的胸部被衣服绷得隆起，脸上有扑过粉的痕迹。早晨她就提起，今晚她们要去看戏。萨拉·贝娜到这个城里做访问演出，她们定了一个包厢。这也是他的主意。现在，他却把这事忘记了，她那副打扮使他生气。不过，当他记起是他要她们定包厢去看戏的时候，认为孩子们看这戏可以获得美的享受，他就把自己的愤怒掩饰起来。

普拉斯柯菲雅·费多罗夫娜进来的时候，脸上挂着满足又内疚的表情。她问道："感觉怎么样？"听得出来，这不过是随口问问而已，并不是真的想去了解。接着她开始为自己的内疚想办法辩解起来：说什么她本来也不情愿去，可是包厢已经定了，爱伦和女儿，还有彼特利歇夫（法院侦讯官，未来的女婿）都要去，总不能让他们自己去吧，她其实是宁可待在家里陪他的。现在她只希望她不在家时，他能遵照医生的嘱咐好好休息。

“对了，费多尔·彼得罗维奇（未来的女婿）想进来看看你，行吗？还有丽莎。”

“让他们来好了。”

女儿走了进来，她穿着长礼服，裸露的肌肤年轻光亮。对比之下，他觉得更加难受了，她竟然公然显示她健美的身体。显然她正在谈恋爱，对疾病，痛苦和死亡这种事感到嫌恶。

费多尔·彼得罗维奇也进来了。他身穿燕尾服，头发烫出波纹，雪白的硬领夹着青筋毕露的细长脖子，胸前露出一大块白衬衫，瘦长的黑裤紧裹着两条强壮的大腿，手上套着雪白的手套，拿着大礼帽。

一个中学生在他后面悄悄走进来。这个可怜的孩子穿一身崭新的学生装，戴着手套，眼圈发黑——伊凡·伊里奇知道什么原因让他这样的。

他总是很怜悯儿子。儿子那种满怀同情的怯生生目光使他心惊胆战。伊凡·伊里奇觉得除了盖拉西姆以外，只有儿子一人了解他、同情他。

大家都坐下来，问他病情怎么样了。接着是一阵沉默。丽莎又问母亲说看歌剧用的望远镜放哪里了。女儿跟妻子关于谁拿了望远镜和望远镜放在哪儿的问题吵了几句。

费多尔·彼得罗维奇问伊凡·伊里奇有没有看过萨拉·贝娜。伊凡·伊里奇起初没听懂他问什么，后来才说：“没有，您看过吗？”

“看过了，她演了《阿德里安娜·莱科芙露尔》。”

普拉斯柯菲雅·费多罗夫娜说，她演那种角色特别好，女儿则不同意。大家都说她演的角色显得既优雅又真实。这种话题都不知道讨论多少次了。

谈话中间，费多尔·彼得罗维奇对伊凡·伊里奇瞧了一眼，不作声了。其他人跟着瞧了一眼，也不作声了。伊凡·伊里奇睁大眼睛向前望着，显然对他们很生气。这种尴尬的局面必须改变，可是怎么也无法改变。必须设法打破这种沉默，但谁也不敢这样做，大家都害怕，唯恐这种礼貌周到的虚伪做法一旦被揭穿，真相就会大白。丽莎第一个鼓起勇气，打破了沉默。她想掩饰大家心里都有的感觉，却脱口而出：

"要去的话，现在差不多该走了。"她瞧了瞧父亲送给她的表说。接着对未婚夫会意地微微一笑，站起来，裙子沙沙响起来。于是大家都站起来，告辞走了。

等他们一走，伊凡·伊里奇觉得好过些，因为这种装腔作势的场面结束了，随着他们一起消失了，但疼痛依旧。依旧是那种疼痛，依旧是那种恐惧，一点也没有缓和，而且每况愈下。

时间还是一分钟又一分钟、一小时又一小时地过去，一如往昔，没完没了，而无法避免的结局却越来越使人不寒而栗。

"你去叫盖拉西姆来吧。"他对彼得说。

九

妻子深更半夜才回来，虽然轻手轻脚地走进书房，但他还是听到了声响，他睁开眼，又立即闭上。她想打发盖拉西姆走开，自己陪他坐一会儿。他却睁开眼睛，说：

"不，你去吧。"

"你很难受吗?"

"老样子。"

"用点鸦片吧。"

于是他用了点鸦片，吃完她便走了。

一直到凌晨三点，他都处在浑浑噩噩的痛苦之中，仿佛有人将他病痛的躯体推向黑暗的深渊，他一直往下掉，却总也到不了头。这种感觉已经将他折磨得痛不欲生，更可怕的是身体里一刻不停的疼痛。他感到害怕，越挣扎越往下沉，直到突然跌了下去，随即惊醒过来。盖拉西姆还坐在床沿上，安静耐心地打着瞌睡。他却躺在那里，把那双穿着袜子的瘦腿搁在盖拉西姆肩上。依旧是那支昏暗的蜡烛，依旧是那种一刻不停的疼痛。

“你去吧，盖拉西姆。”他喃喃地说。

“不要紧，老爷，我陪你坐着。”

“不，你去吧。”

他把腿从盖拉西姆肩膀上挪下来，侧过身子枕着自己的胳膊睡，开始自怨自艾起来。他听到盖拉西姆走进隔壁房间的声音，终于忍不住，跟孩子似的哭了起来。他为自己的无助哭泣，为那可怕的孤寂，为人性的残忍，为上帝的狠心哭泣，也哭诉上帝为何抛弃了他。

“你为什么要这样做？为什么把我带到这世界上来？为什么？为什么这么狠心地折磨我？”

他知道不会有答案，但又因得不到也不可能得到回答而痛哭。痛楚又再度袭来，但他一动不动，也不呼号。他自言自语：“痛吧，再痛一些吧！可是为了什么呀？我对你做了什么啦？这是为了什么呀？”

慢慢地，他终于安静下来，停止了哭泣，屏息凝神，仿佛在倾听自己灵魂的声音。

“你要什么呀？”这是他听出来的第一句明确的话。

“你要什么呀？你要什么呀？”他喃喃自语，“要什么？”

“摆脱痛苦，活下去。”他自己回答。

他又全神贯注地倾听，连疼痛都忘记了。

“活下去，怎么活？”心灵里有个声音问他。

“什么怎么活，像我以前一样体面而快乐地活啊。”

“像你以前那样体面和快乐吗？”心灵里的声音问。于是他开始回忆起人生中那些美好的片段，除了他童年的回忆以外，这些曾经美好的记忆现在看起来却成了灰色，不复光鲜了。只有年幼的那些回忆，似乎依然那么令人向往。但他却回不去了，剩下的只有童年回忆里的各色人物。

当回忆里的那个孩子慢慢长大，渐渐长成伊凡·伊里奇现在的这个样子，他忽然对自己厌恶起来。工作，婚姻，朋友，交际，应酬等等，这曾经令他愉悦的一切，现在看来，都令他心生厌恶。

离童年越远，离现在就越近，那些欢乐就越显得不足道，越可疑，这是从法学院开始的。在那里还有点真正美好的事：还有欢乐，还有友谊，还有希望。但读到高年级，美好的时光就越来越少。后来开始在官府供职，又出现了美好的时光：那是对一个女人的倾慕。后来生活又浑浑噩噩，美好的时光更少了，越来越少，越来越少。

结婚，是那么意外，那么令人失望。妻子嘴里的臭味，放纵情欲，装腔作势的样子。死气沉沉地办公，不择手段地捞钱，就这样过了一年，两年，十年，二十年——始终是那么一套。而且越是往后，就越是死气沉沉。我在走下坡路，却还以为在上山。就是这么一回事。大家都说我官运亨通，步步高升，其实生命在我脚下溜掉……瞧吧，如今，末日到了！

这究竟是怎么一回事？为什么会这样？生活不该那么无聊，那么讨厌。不该！即使生活的确是那么讨厌，那么无聊，那又为什么要死，而且死得那么痛苦？总有点不对头。

“是不是我的生活有些什么地方不对头？”他忽然想到。“但我不论做什么都是循规蹈矩的，怎么会不对头呢？”他自言自语，顿时找到了唯一的答案：生死之谜是无法解答的。

如今你到底要什么呢？要活命？怎么活？像法庭上听到民事执行吏高呼“开庭了”时那样活吗？“开庭了，开庭了！”他一再对自己说。“喏，现在要开庭了！可我又没有罪！”他恨恨地叫道，“为了什么呀？”他停止哭泣，转过脸来对着墙壁，一直思考着那个问题：为什么要忍受这样的恐怖？为什么？

然而，不管他怎样苦苦思索，都找不到答案。他头脑里又出现了那个常常出现的想法：这一切都是由于他生活过得不对头。他重新回顾自己规规矩矩的一生，立刻又把这个古怪的想法驱除掉。

十

又过了两个礼拜，伊凡·伊里奇一直没离开过沙发。他不愿躺在床上，就躺在长沙发上，直直地对着那面墙。还是那种从不停歇的疼痛，内心无止境的孤独几乎要将他吞噬，脑子里只剩下一个声音在问："这是什么，难道这就是死亡吗?"伊凡·伊里奇听到内心深处有个声音在回答："是的，这就是死亡了。"

"那为什么要让我在临死前忍受这些煎熬呢?"

"原因？没有原因，这是理所应当的。"

自从伊凡·伊里奇开始生病，第一次看医生以来，他的心情就分裂成两种对立的状态，两种状态交替出现着：一会儿是绝望地等待着神秘而恐怖的死亡，一会儿是充满希望和紧张地观察自己身上的器官，一会儿感觉到自己的肾脏或者盲肠已停止了工作。而现在，他的眼前只有那可怖的又无法避免的死亡。

这两种心情从一开始生病就交替出现。但随着病情的发展，他对肾脏出问题了这个概念越来越模糊，越来越无法理解，但是对于即将到来的死亡，他却感觉越来越清晰了。

想想自己三个月前的身体还是多么健壮，想想这健壮的身体是怎样一步一步走下坡路的，这样想来，伊凡·伊里奇对康复就不抱任何希望了。整日整日的背靠着沙发，使他倍感孤单。有时候他觉得自己身处闹市之中，周遭都是亲友却没有一个愿意搭理他。又或者像是呆在海底或是地心的深处，这种孤单的感觉仿佛要将他窒息，而他只能靠着回忆度日。回忆一幕幕在他眼前闪过，开始是最近发生的事，慢慢变得越来越远，一直回忆到童年。譬如他从今天给他端来的西梅脯，就联想到童年吃过的干瘪法国李子，想到那李子的甜味，咬到果核时候牙齿的感觉，紧接着他就深深陷入对童年的回忆中去了：保姆、兄弟、玩具。“那些事别去想了……太痛苦了。”伊凡·伊里奇对自己说，思想又回到现实上来。他瞧着羊皮沙发上的皱纹和沙发背上的纽扣，暗暗想道：山羊皮很贵但不结实。为这个还曾经吵过架。但不是为了这种山羊皮，是另一种。就是当年我们撕坏父亲的皮包，被父亲罚，妈妈还偷偷送包子来给我们吃。他想着童年的事，觉得心情抑郁，却怎么也不能把思绪从童年的回忆中剥离开来。

对童年的回忆又牵扯出另外一件事来，他不可避免地想到自己的病是怎么一步步恶化到这种田地的。他的思绪又陷入更年幼的回忆里。似乎年纪越小，心地越纯洁，生命力也越旺盛，这两者互为因果。“就像这病，疼得越厉害，死期也就越近，”他这样想着，“生命之初还是有些光亮的，越到后面越暗淡，等到死期将近的时候，简直就是一片漆黑了。”他忽然想到，一块石子落下，速度是越来越快，生命也是这样带着不断增加的痛苦，越来越快地掉落下去，掉进痛苦的深渊。“我的生命在飞逝……”他浑身打了个哆嗦，试图抗拒这个等待着的那可怕的坠落、震动和灭亡。“我终有一死，”他自言自语，“可这是为什么呢，为什么要我这么早死，临死之前还要承受这种痛苦呢?”他对自己说，想到自己一辈子奉公守法，过着正派而体面的生活。“这世上地位多高的人都认可我，”他嘴上露出冷笑，“那是什么原因呢？这些折磨，死亡……为了什么呀?”

十一

就这样过了两个礼拜，期间发生了一件伊凡·伊里奇夫妇期望良久的事：彼特里歇夫在一天晚上正式来求婚了。就在第二天早上，普拉斯柯菲雅·费多罗夫娜走进丈夫房间，考虑着怎样向他讲彼特里歇夫求婚的事，也就在那天夜里，伊凡·伊里奇的病情又恶化了。普拉斯柯菲雅·费多罗夫娜发现他还是躺在长沙发上，但姿势跟以前不同。他仰天躺着，呻吟着，眼睛呆滞地瞪着前方。

她同他讲吃药的事，他便拿教人害怕的眼神望着她，令她说到一半便说不下去了，她觉得那眼神里充满了恨意。

“看在基督份上，让我安安静静地死吧!”他说。

她刚想走开，但女儿正好在这个时候走进了房间，跟他们说了声早上好。他没有说话，用同样冷冰冰的眼神望着女儿。妻子和女儿对望了一眼，谁也没说话，陪他坐了一阵便起身走了。

“我们做错了什么?”丽莎问母亲，“难道他生病这件事也能怪罪到我们头上来吗? 我真为爸爸难过，可为什么我们也要跟着遭罪?”

医生还照常来给他看病，但伊凡·伊里奇只是愤怒地望着他，简单地回答“是”或者“不是”，最后说一句:“您明明对我的病毫无办法，还不如让我一个人呆着好了。”

“我们可以减轻您的痛苦。”

“这点您也办不到，还不如别管我了。”

医生走到客厅，告诉普拉斯柯菲雅·费多罗夫娜情况很严重，现在能做的只是给他鸦片，缓解一下他难以忍受的疼痛。

医生说的没错，他遭受的病痛的确令人难以忍受，但更令伊凡·伊里奇难以忍受的是精神上的折磨。

有一天夜里，他被疼痛折磨得睡不着，醒来望着善良的盖拉西姆，他颧骨突出，看上去困极了。突然之间，他想道:“会不会我这辈子完全就是个错误?”这个想法折磨着他，比肉体上的痛苦更厉害。

他曾经似乎完美的生活可能就是个天大的错误。他慢慢回忆起来，这么多年，他也有过这种念头，但每次这样的念头一出现就很快被打消了。但现在看来，他这一辈子唯一真实的存在就是这些转瞬即逝的念头，其他一切都是过眼浮云。他的工作，他对自己人生的规划，包括他的家庭，对社交生活的兴趣，对本职工作的热爱，等等，这一切都可能是错误的。他又想为自己辩解，但又有什么好辩解的呢，这一切都有问题。

“如果真是这样，那就是说我这辈子所努力奋斗的一切都是白费功夫。在我死之前才意识到这一点，还有什么用呢，已经没有办法挽回了。”

他躺在床上，以一种全新的方式审视着自己的一生。就这样过了一夜，他终于熬到了早上，最先见到的是仆人，接着是妻子和女儿，然后是医生。他们的一举一动，一言一行，无不验证着他昨天夜里的想法。他从他们身上看到了自己，看到了他从前生活的种种。他现在知道这一切都是虚假的，这种人生不过是个巨大的骗局，被隐藏在生与死之间的骗局。这个念头加剧了他肉体上的痛苦，加剧了十倍不止。他撕扯着身上的衣服，仿佛那衣服令他感到束缚，感到窒息。

医生又给他大剂量的鸦片，让他昏睡过去。但到了半夜他又醒过来，病痛更甚，他把所有人都赶出去，自己在床上翻来覆去地呻吟着。

妻子走了进来，俯身对他说：“亲爱的，就当是为了我，派人去请神父吧，没什么坏处的，健康人也经常这样做。”

他睁大眼睛，问：“做什么事？进圣餐吗？干什么呀？不用了！不过……”

她哭哭啼啼地说：“好吗？亲爱的，我去叫我们的神父来，他这人挺好。”

“好吧，太好了。”他说。

神父来了，听了他的忏悔，他觉得好过些，疑虑似乎减少些，痛苦也减轻了，刹那间心里看到了希望。他又想到了盲肠，觉得还可以治愈。他含着眼泪进了圣餐。

吃完了饭，他又躺回到床上，刹那间觉得好受些，并且又出现了生的希望。他想到医生提过的手术。“活下去，我要活下去！”他自言自语。

妻子走进来安慰他，还是那么几句话：“感觉好些了吗？”

他连看也没看一眼，只敷衍含糊地“嗯”了一声。

她的衣服，她的体态，她的神情，她的腔调，全都在提醒他一件事："不对，有什么事出错了，这一辈子都出错了，都是谎言，隐藏在生死之间的谎言。"他一旦意识到这一点，胸中就生出一点愤懑之意，熟悉的病痛又向他袭来。精神的折磨连同肉体上的煎熬，令他陷入生不如死的漩涡中，并且无法挣脱。

他面色铁青地回答妻子的安慰，用可怕的眼神望着她，随即又歇斯底里起来："滚！你们都给我滚出去！让我一个人呆着！"

十二

就从那一刻起，伊凡·伊里奇就没停止过歇斯底里，这种状态一直持续了三天三夜。他无时无刻不在惨叫，惨叫声隔着两扇门都能听得清清楚楚。他对妻子说，觉得自己迷失了，找不到回去的路。他知道自己快死了，只是不知道确切的时间。而那些疑问，那些对生与死的疑问，他这辈子也找不到答案了。

"哎哟！哎哟！哎哟！"他整日整夜地用不同的音调重复着呻吟。每次他都大声喊着："我不要！"紧接着就开始叫嚷，不停地叫嚷。

整整三天，他一刻不停地在那个黑暗的深渊挣扎，有一股无形的力量将他拉入深渊，令他挣扎不得。他好像一个死刑犯，落到刽子手手里，生机全无。他每分钟都感觉到，不管他怎样挣扎，他是越来越接近那恐怖的末日了。他感觉自己被人一步步推向深渊，十分痛苦，但更痛苦的是他始终到不了深渊的尽头，不能痛痛快快地一死了之。他知道自己将要死了，却对生命无限留恋起来，这种留恋更加使他难过，死便死了，偏偏舍不得。

突然，胸口和腰间猛烈地疼痛起来，呼吸更加困难，他终于掉到深渊的底部，那里有一束光亮。自己好像身处火车之中，你以为火车在前进，其实却在后退。这时他突然辨出了方向。"是的，一切都不对头，"他自言自语，"但没有关系，可以纠正的。可怎样才算'对头’呢?”他问自己，接着就沉默了。

第三天傍晚，他临终前两小时，念中学的儿子悄悄地进来，走到父亲床跟前。垂死的人一直在惨叫，挥动双臂。他的一只手落在儿子头上。儿子捉住他的手，亲吻着，哭了起来。

就在这时候，伊凡·伊里奇终于觉得自己到了深渊底部，看见了光。他终于发觉自己这一辈子走错了路，但是没关系，他还可以回头。他问自己：走怎样的路才算正确?他渐渐不动了，听着周遭的响声。忽然觉得有人在亲吻他，睁开眼，伊凡·伊里奇看到儿子，不由为他难过起来。妻子也走过来，同他对望着，嘴唇微张，面颊上还显现着未干的泪痕。他也为她难过起来。

“是的，我让他们遭罪了，”他想，“他们真可怜，但等我一死，他们就会好过些。”他想把这话说出来，可是没有力气说。“不过，说有什么用，我应该行动起来。”他想着，看了看妻子，示意她把儿子带走：“带他走吧，我对不起他，也对不起你。”他还想说“原谅我”，一开口却说成了“原来我”。他挥了挥手，愿意听的人自然能听懂，已经不需要去纠正了。

忽然之间，长久折磨他的病痛消失了，从四面八方消失得无影无踪。他为他的家人感到抱歉，他应该行动起来，让他们从这种苦痛中解脱出来。“多么快乐，多么简单，”他想着，“病痛呢，你去哪里了?”

他又想到长期以来折磨自己的疼痛。

对了，它就在那里，还是那么疼。

“好吧，疼就疼吧，我已经无所谓了。”

那么死亡呢，死亡在哪里?他想到自己从前对死亡的恐惧，现在却发现这种恐惧突然消失了。“死亡?恐惧?”他已经完全感受不到了。

濒死的那一刻，眼前忽然一片光亮。

“那就是死亡吗?”他突然说出声来，“原来是如此快乐的!”

对于他而言，死亡的过程似乎只是一瞬间，对于其他人却是两个小时接连不断的哀嚎和抽搐。慢慢地，哀嚎的声音越来越轻，抽搐的幅度也越来越小。

“终于结束了。”

他听到有人这么说，在心里重复着这句话：“终于结束了，再没有痛苦了。”

他吐出最后一口气，哀嚎声陡然中断，两腿一蹬，终于一命呜呼了。

小耗子

[埃及] 迈哈穆德·台木尔

王　婧译

她快满七岁了，但是见过她的人以为她不满四岁。她瘦削矮小，肤色发黑，见过她的人不知道那是她真正的肤色还是落上去的灰垢。她头上乌黑的卷发更显得她肤色黝黑。她瘦骨嶙峋，长衫下的肋骨清晰可见——而那长衫，不过是到处打着补丁的破布，人们出于同情才称之为“长衫”。

每当有人问她：“小姑娘，你爸爸是谁呀？”她就用稚嫩的语调，带着本能的畏惧说道：“我不知道。”若有人问她：“你妈妈是谁呀？”她就用手指捻着破布衫衣角，两眼无神，茫然地望着街道，含糊地说：“我也不知道。”

也许她的回答引起了发问者的好奇心，想和她多聊几句，于是问道：“你住在哪里啊？”她伸出干瘦的手，指向一栋破房子，那房子被挤压在密集的楼群中仿佛快要窒息。她用单调的语气说道：“住在那儿。”是的，小女孩就住在这栋房子的最底层，那里有她每晚休息的固定住所——其实，就是门后地面堆放垃圾杂物的角落。只有在那里，她才能得到休息，放飞童年的畅想。

小女孩只有做完女主人交代的重活才能够休息，那时已是深夜。女主人是一个干瘦如柴、弯腰曲背的老太婆。真主没有赐予她良好的性格，所以她尖酸刻薄，脾气暴躁。

小女孩管老太婆叫舅母，老太婆给小女孩取名叫小耗子。这个绰号很快就在街坊邻里间传开了。小女孩也很喜欢这个名字，后来也习惯别人这么叫她。很快，她就忘记了自己原来的名字，似乎那只是往昔岁月的标记。

她和其他人一样也有过去吗？还是说，她在这个地区慢慢长大，和房子附近那潭死水里的绿水藻慢慢生长没什么区别？这些和她有何关系呢？她在老太婆那能有口饭吃，有像别人那样的名字——小耗子，为什么不取名叫小耗子呢？她并不讨厌这种小动物，又怎么会讨厌这个名字呢？况且，她对小耗子十分怜爱。自从她和一只小耗子加深了解后，她就和小耗子共同分享门后面那片小天地……任何感情都有缘由，任何了解都有开端。

一天夜里，小女孩蜷缩在角落里的破草席上酣然入睡。忽然，杂物堆里传来一阵蠕动声扰醒了她。她目不转睛，侧耳倾听，仔细观察，十分担心。突然，蠕动越来越厉害，将垃圾堆搞得散落一地。借着墙上落满灰尘的油灯那微弱的光线，小女孩看到一个黑色的小脑袋露了出来，头上一双眼睛警惕地环顾四周。她害怕极了，想大声呼叫，但是却舌头僵硬，喊不出声音，四肢瘫软，心脏剧烈跳动，目不转睛地盯着小耗子左右转动的头。

小耗子从垃圾堆里钻出来，抖落身上的尘土，伸着尖尖的鼻子到处嗅着，髭须来回摆动。它发现一小撮腐烂变质的面包屑，就赶紧用爪子抓住，贪婪地吃了起来。小女孩蜷缩在角落里，心里又是害怕，又是好奇，想看个究竟。于是，她心里平静了一些，呆在那看小耗子吃面包屑。小女孩一不小心发出了声响，吓得小耗子扔下刚啃了一点儿的面包屑，一下子钻到杂物堆里不见了。

小女孩脸上露出了微笑，浮想联翩：小耗子害怕她吗？当它发现她的存在时，不是立刻逃跑了吗？真奇怪！这世界上还有什么东西怕她，把她当一回事吗？

小女孩盯着腐坏的面包屑思忖着，小耗子一定饿坏了，要不然，它就不会那样啃这点儿面包屑，把它当作一顿美餐。不久前，小女孩还在这堆垃圾里翻腾，希望能找到一点勉强充饥的食物，她每晚饥肠辘辘的时候都是这样。除了那撮腐坏的面包屑，她什么也没找到。她宁可整夜挨饿，也不愿吃那些面包屑。那么，夜里爬出来的小耗子为什么吃得津津有味呢？它一定比小女孩还要饥饿，比小女孩更需要食物。

但是小耗子为什么要自己出来觅食呢？

它难道没有妈妈来照料，以使它免受这东奔西跑四处觅食之苦吗？小女孩深知母亲对子女的关爱，她们不但为孩子们寻找食物，还亲手喂养他们，尽管他们已经吃饱了……小耗子一定不知道自己还有父母，就像小女孩不知道自己的父母是谁一样。小耗子饥饿难耐，于是到垃圾堆里寻找食物，也和小女孩一样。两者的境况多么相似啊！这个人间的小耗子沉思了一会儿，睡意袭来，倒在地上睡去，继续在梦中遐想。

第二天，小女孩又忙活着所有繁重的家务活，饱受老太婆的拳打脚踢、呵斥辱骂……半夜，她终于做完所有活计，躲回门后那个角落，从衣服褶里抖出一小块食物，放在昨天小耗子出现的墙角，然后躺在草席上。但是她并没有入睡，而是一直怀揣着不安无法入眠。她侧耳倾听，仔细观察。

过了一会儿，她听到一阵窸窣声，心里不由得一颤。很快，小耗子的头探了出来，谨慎地嗅着，髭须来回颤动。没过多久它就发现了附近那一小块食物，专注而贪婪地啃了起来。小女孩兴奋地注视着它，内心充满了欢愉。她已经能够喂养这只饥饿的小耗子了！

小女孩得意地看着小耗子把食物吃得干干净净，一点儿都不剩，于是马上又往小耗子面前扔出一块食物。小耗子先是吓了一跳，往后退了几步，紧接着又爬上前来专心地啃咬食物，一边吃，一边向小女孩投来警惕的目光。小女孩看着它，开心极了。小耗子盘尾端坐，两只纤细的爪子抱着剩下的食物，仿佛想要多享受一会这美食。再没有比这更精彩的场面能使小女孩欣喜若狂、欢欣雀跃了。她笑了一声，小耗子一听到就吓得逃走了。

小女孩立刻感到十分扫兴，她问自己：小耗子是因为生气而躲起来了吗？还是小耗子觉得小女孩是在嘲笑它，而它不愿成为被嘲笑的对象？抑或是因为它害怕小姑娘，不信任她，怕她会伤害自己，所以才躲起来？……小耗子的这两种猜测都错了。小女孩没有嘲笑它，也没对它心怀歹意，但愿小耗子能知道，小女孩多么同情它，对它怀着多么纯真的友情。

日子一天天过去，小女孩仍然努力取悦这只胆怯的小耗子，让它感受到她的亲切与关爱。她知道，她和这小家伙间有某种联系。两者的生活极为相似，生活中的地位也极为相似。

小女孩非常愿意和小耗子一起度过夜晚的一段时光。当房子里一片漆黑，四周寂静无声时，她能在与小耗子的亲密共处中感受到真正的幸福。这对于缓解她漫长一天中为那个干瘦、驼背、丑陋的老太婆干活而遭受的困苦与劳累是多大的补偿啊！她是怎么一天天熬过来的？她在房子里跑上跑下，在每个角落忙前忙后，不得休息，就像小孩玩的陀螺——人们把一捆绳子缠在上面，然后使劲儿一拉，把陀螺扔在地上，陀螺马上转起来。一旦转速减慢，他们就用鞭子狠狠地抽打它，于是陀螺又重新转了起来。如此往复，直到孩子们玩腻了，才会让陀螺停下……这个小女孩不就是活生生的陀螺吗？房子里的住户都用鞭子抽打她，为首的便是那老太婆。因此，晚上能有小耗子陪伴一段时间，这房子的小陀螺怎么能不感到舒适、满足呢？

小女孩每天都为晚上那愉快的见面省下一点儿食物，她很乐意喂养她的小宠物，一块一块地抛给它食物。于是，她俩一起津津有味地吃了起来。

随着时间的流逝，她俩的友谊加深。小耗子不再害怕小女孩，它逐渐靠近她，吃她面前的食物，兴高采烈，调皮地跳来跳去，仿佛它就是舞台上的滑稽小丑，以有趣的插科打诨博得观众的欢心。小女孩开心地盯着它看。小耗子若是达到了嬉戏玩耍的目的，就会蜷缩在离小女孩不远的地方，两只眼睛闪闪发光，髭须来回颤动，好像在对小女孩说："我已经为你演完我的节目了，你有什么节目要演给我看吗?"于是，小女孩安然舒适地躺在草席上，给小耗子讲述奇闻轶事。有时候她凭着记忆，讲述她的见闻；有时候她发挥想象，在幻想的世界里筑起座座高塔，畅想未来。

就这样，小女孩度过了一个又一个欢快的夜晚。直到有一天，老太婆叫她马上去屋顶阁楼照料卧病在床无人护理的女邻居，她只能遵命。女邻居得的是风湿病，无法离开床榻，翻身极其困难，就像被粗大的螺丝钉牢牢钉住骨头一般。于是，她痛苦得蜷缩着身体，发出阵阵呻吟。小女孩注视着她褶皱、干瘪的脸，耳边回响着她痛苦的哀嚎。

如果女病人昏睡过去，叫喊和烦躁也就随即中断，房间里也没了动静。于是，小女孩就会感到非常孤单，恐惧不安。小女孩常常疑虑重重、浮想联翩，因为她看到面前那布满皱纹、面无血色的脸上，流露出饱受痛苦和折磨的神情；睁开的双眼黯然无光；双唇红肿，张开的嘴里发出困难的丝丝喘息，好似阴森蛇洞。小女孩心里想：自己眼前是一位奄奄一息等待着被人抛入坟墓的临终者，还是一个刚从恐怖的妖魔世界里逃出来的精灵？小女孩总是想着逃跑，但却发现自己身体瘫软，无力挣脱。

最让小女孩忧虑的是她和小耗子的分离，她每晚都无法给小耗子准备食物。小耗子会不会误解她，认为她之所以不来，是因为对它忽视和遗忘？或是小耗子对房子里发生的一切了如指掌，于是原谅了小女孩？小女孩总是在午夜偷偷地溜到老地方和亲爱的小耗子相会，给它带点儿食物，和它彻夜长谈。但是，女病人的生活像蝙蝠一样，不分昼夜地时睡时醒，小女孩没有机会溜走，一直被困在女邻居的病榻旁。她总是寻找机会脱身，但却无可奈何。

一天早上，小女孩照常守在女病人身旁，突然听到房子里一阵喧哗吵闹。于是，她呆在那里观察着、听着，然后蹦蹦跳跳地走出房间，趴在楼梯口张望，看到楼下聚满了街坊邻居，其中大部分是孩子，他们银铃般的声音比其他声音都要响亮，盖过了男男女女的吵闹声。小女孩只能听到女主人老太婆不断重复的几个词："你这捣蛋鬼，总算抓到你了……你绝对逃不出我的手心了！"

出于好奇，小女孩立刻跑下楼梯，楼下挤满了人。她清清楚楚地听到老太婆说："我的每件衣服都让你咬坏，每块食物都被你糟践……该死的东西，让你得到报应！"

小女孩听到了那十分熟悉的吱吱声，那声音被大笑与叫喊声淹没……小女孩不停地颤抖着，快步冲到楼梯底端，人群已离开房子向街区走去，关上了门。小女孩站在门后，先是从门缝偷偷往外看，接着打开门，走出去。围着女主人老太婆的人群露出一个缺口，小女孩从缺口望去，看到老太婆手里拿着一个笼子，里面有一只黑色的东西焦躁地乱撞，每当它想逃跑，都被笼子的栏杆挡住。

小女孩的心怦怦乱跳，感觉仿佛一块铁块压在她的脖子上，使她喘不过气。她赶紧伸长脖子张望，定睛注视那个笼子想看个究竟。她拨开人群，朝老太婆挤去，立刻看到一个细小的头、一双发光的眼睛和颤动的髭须。那头上毛发蓬乱，流着鲜血，几乎要认不出来了……小女孩和小耗子目光交汇。小女孩注意到，小耗子停止在笼子里打转，朝她跑来，眼巴巴地望着她。小女孩听到小耗子发出吱吱声，向她高声求救。于是，小女孩拼命向笼子冲过去。但是，人群把老太婆团团围住，笼子在小女孩眼前消失了，只有求救的吱吱声一直在令人窒息的空气中回荡！

老太婆胡搅蛮缠地说："拿汽油来，我们把这该死的东西点上火，一会儿放在街区里，有好戏看了，孩子们！"

孩子们一片欢呼，而小女孩怔怔地僵在房门口不动，浑身颤抖，两行热泪潸然而下。

老太婆手拿汽油瓶，往小耗子身上浇了几滴汽油，然后点燃火柴，叫喊道：“把所有门都关起来！别让小耗子跑进屋里引起火灾！”

随即，所有门都关上了……人们看见一个燃烧的火球惊慌失措地从笼子里跑出来。小女孩就站在大门旁边，亲眼看着这个火球，好像她自己的身体也被火烧着一般，剧烈燃烧……

小女孩看到火球朝房子这边滚来，于是她一把推开大门。那火球飞快地穿门而过，小女孩跟了过去，随即传来老太婆的吼叫和谩骂声。老太婆踉踉跄跄地勉强走上前去，刚一进屋，门就一下子关上了。

人群中一片惊恐，围拢在大门周围，你看看我，我看看你，都张口结舌，一句话也说不出来。突然，大家异口同声地喊道：“房子着火了！”

女人拖着长袍走过来说：“你们别靠近这栋房子……这只耗子已被恶魔附身，变成了妖怪！”

人们惊恐地议论着，火越烧越猛烈，从房子里面传出呼救声，但是没有一个人敢靠近。

火焰猛烈地燃烧，发出噼噼啪啪的声音，响彻云霄。

我想知道为什么

［美］舍伍德·安德森

杨　巍 译

到东部后的头一天，我们清早四点钟就起床了。前一晚，我们才从经过镇外的一列货运列车上跳下来。凭着肯塔基男孩那种真正的本能，我们穿过镇子，很快就找到了赛马场和马厩。这时我们终于确定平安无事了。汉利·特纳很快发现了一个我们认识的黑人。他叫比尔达特·约翰逊，冬天在咱们家乡贝克斯维尔镇上埃德·贝克尔开的车马行的马棚里干活。跟咱们那儿差不多所有的黑人一样，比尔达特做得一手好菜。当然啰，他也喜欢马，就像肯塔基州咱们那一带的每个人，可以说任何人。一到春天，比尔达特就开始四处打工。咱们那儿的黑人都善于甜言蜜语，不管什么人经他们一哄，多半会给他们想要的活干。管马厩的人，以及从列克星敦附近咱们家乡那些养马场来的驯马师，都被比尔达特哄得团团转。这些驯马师傍晚进城，四处溜达，聊聊天，偶尔也玩一会扑克牌。比尔达特跟他们混得挺熟。他总是搞点讨人喜欢的小玩意儿，讲点他的拿手好菜，什么平底锅煎的鸡肉啦，红薯和玉米面包的窍门啦，等等。他讲得人直想流口水。

当赛马季节来临，马匹都被送去参赛的时候，一到傍晚，街头巷尾谈论的尽是那些新来的马驹。人们都在议论什么时候前往列克星敦，去丘吉尔当斯去看春季赛，或是去拉托尼亚。而那些曾南下新奥尔良，或许还参加过古巴哈瓦那冬季比赛的骑师们恰好回家休息一周，好准备再度外出参赛。在此期间，贝克斯维尔镇上的人除了马就没有别的话题了。赛马班子准备出发，空气中到处都充满了赛马的气息。比尔达特会出现在某个赛马班子里，干着厨师的活儿。很多时候，一想到他经常整个赛马季节都在赛马场上，冬季又在马棚里干活，而这些地方到处是马，人们总爱去那里谈论马，我就巴不得自己也是个黑人。这虽然是一句傻话，却是我亲近马儿时的真实想法。有些疯狂，可我就是忍不住啊！

哦，我得说说我们的所作所为，好让你明白我在说什么。我们四个男孩都是贝克斯维尔镇人，都是白人，父亲都是常年住在镇上的居民。我们下定决心要去赛马现场，不只是去列克星敦或路易斯镇这样的地方，那还不够档次，我们经常听到贝克斯维尔镇的大人们谈论东部的大赛马场，我们要去萨拉托加！那时我们都挺年轻，我刚满十五岁，四个人里就数我最大。这是我出的主意。

我承认，是我怂恿其他人去试一试的。四人分别是汉利·特纳、亨利·瑞贝克、汤姆·唐伯顿和我。我当时有三十七块钱，是我利用冬天夜晚和礼拜六在伊诺克·迈尔的杂货店里干活挣来的。亨利·瑞贝克有十一块，而汉利和汤姆每人身上只有一两块。我们商量好了，谁也不许说出去，直等到肯塔基春季赛马会结束，家乡的一些人，那些对赛马最热心、也是我们最羡慕的人出发了，我们便跟着出发。

我不打算细说一路上我们尝到的艰辛，像挤火车啦什么的。我们经过了克利夫兰、布法罗和其他一些城市，然后看到了尼亚加拉大瀑布。我们在那里给母亲和姐妹们买了些东西，都是些带有瀑布图案的纪念品，如汤匙、明信片和贝壳之类。可是，我们又觉得还是先别把这些东西寄回家去的好。我们不想让家里人知道行踪，以免给他们逮了回去。

前面提到，晚上我们到了萨拉托加，就直奔赛马场。比尔达特让我们饱餐了一顿，又带我们去睡觉的地方，就在小棚那边的干草堆里，还答应替我们保密。黑人在这些事情上很可靠，他们不会出卖你。有时候，当你从家里偷偷摸摸地跑出来，往往会遇到一个白人，他也许看上去还挺不错，也许会给你两角五分钱，半块钱什么的，可一转身就会把你出卖了。白人会干出这种事，黑人却不会。他们值得信赖，对孩子更能以诚相待。也不知道这是什么缘故。

当年的萨拉托加赛马会上，咱们家乡来了很多人，其中就有戴夫·威廉姆斯、阿瑟·马尔福德和杰里·迈尔斯等。也有不少是来自路易斯维尔和列克星敦的，亨利·瑞贝克认识他们，我却不认识。这些人都是职业赌徒，跟亨利·瑞贝克的父亲一样。亨利·瑞贝克的父亲是个什么报社撰稿人，可一年的大部分时间里都奔波于各个赛马场上。冬天回到贝克斯维尔镇，他也很少在家待着，而是去一些城市里赌法罗牌。他人不错，挺大方，经常给亨利寄些礼物，像自行车啦，金表啦，童子军制服啦什么的。

我父亲是一名律师，人没得话说，可挣不到什么钱，不能给我买礼物。不过，我现在已经长大，并不指望这些。他从未在我面前说过亨利的闲话，汉利·特纳和汤姆·唐伯顿的父亲们则不然。他们会告诫儿子，这样的钱来路不正，他们不希望儿子耳濡目染与赌博有关的东西，以致成天想着，陷进去了无法自拔。

这话说得不错，我想大人们这么说是有道理的，可是我看不出赌博和亨利或者马儿有什么关系。这也是我这个故事的内容。我困惑不已。我正在长大成人，想做个正直的好人。可是，在东部赛马场举办的赛马大会上，有些事情却让我百思不得其解。

对于纯种马，我简直爱得发疯，不能自已。我一直都这样。十岁那年，眼看自己不断长个儿，很可能当不了骑师，我差点没难过得死去。贝克斯维尔镇上邮局局长的儿子名叫哈里·赫林芬格，虽已长大成人，却是个好逸恶劳的主，就喜欢在街上晃荡，以戏耍男孩子为乐。比方说，他会打发他们去五金店买个能凿出方孔的手钻什么的。我也曾被他捉弄过。他跟我讲，吞下半根雪茄，我的发育就会受阻，长不了个儿，也许还有机会当骑师。我照办了，趁父亲不注意，从他的口袋里掏出一根雪茄，囫囵吞了下去。结果，肚子疼得要命，不得不找来医生。可这法子根本不灵验，我还是一个劲地往上长。原来是个恶作剧啊！我告诉父亲自己所干的蠢事及其缘由。若换作了别人，多半会挨上一顿痛打，可是我的父亲却并没有打我。

结果，我既没有停止发育，也没有因此送命，哈里·赫林芬格也算是枉费心机。后来我又决定要当一名马夫，却也不得不打消这个念头。干这一行的多半是黑人，我知道父亲肯定不会同意的，即便是求他也没有用。

如果你从未对纯种马感到痴迷，那只因你未曾去过好马成群的地方，对它们了解得不深而已。它们棒极了，再也没有什么能比得上这些参赛的骏马了，它们是如此可爱，如此干净，如此活力十足而忠诚可靠，真是要多好有多好。在咱们老家贝克斯维尔镇周围，那些大的养马场里都设有跑道，一大早马群就会在上面练习奔跑，不下一千次。天未亮我就起床，走到两三英里外的跑马场去看遛马。母亲不让我去，可是父亲总说："就让他去吧。"于是，我从面包盒里拿出几片面包，涂上黄油和果酱匆匆吃下，就一溜烟地跑了出去。

到了跑马场，我先是和大人们一道坐在围栏上等待，有白人也有黑人。他们一边嚼着烟草，一边闲聊，然后就会有人把马驹放出来。时候还早，草地上洒满了露珠，闪闪发亮。在旁边一块土地上，有人正在耕地。而在维护跑道的黑人睡觉的小棚子里，人们正在煎吃的。黑人很爱笑，或咯咯笑，或哈哈大笑，还能讲些笑话把人逗乐。白人做不到这一点，有些黑人也做不到，但维护跑道的黑人却总能做到。

马驹终于被放出来了，有些不过是被小马倌儿们骑着小跑。几乎每天早晨，在某个有钱人的大跑马场上（也许他住在纽约），总有几匹马驹，包括老迈的赛马、去势的公马和母马，尽情地奔跑着。

看着马儿奔跑，我的喉咙就会一阵哽咽。当然我所说的不是所有的马，而只是其中某一些。我差不多每次都能将这些好马识别出来。

和练马场上干活的黑人和驯马师一样，我天生就有这种本领。即便黑人小子骑着它们慢吞吞地溜达，我也知道哪一匹能获胜。要是看得我喉头难受，不能下咽，那便准是它了。一旦放出，它就会跑得跟萨姆·希尔一样快。如果它不能每次获胜，那倒真是怪事呢。它可能是被别的马阻挡住了，没能冲出包围；它也可能被拉得太紧了，无法全力奔跑；当然还可能是它起跑慢了，或什么别的原因。我若是像亨利·瑞贝克的父亲那样去赌马，肯定能发大财。我知道自己准行的，连亨利也这么说。我只用盯着马群，等着那匹使我喉咙难受的马儿出现，然后押上所有的钱就行了。如果我去赌的话就会这么做，可我并不想成为赌徒。

清晨，你如果不去赛马场，而只待在贝克斯镇附近的练马场上，是看不到我刚才所说的那种马的，当然它们也还算不错。任何纯种马，只要是由一匹好的母马和一匹好的公马交配而生，再由一名内行的人训练，都会跑得很快。如果它还是不行，那就再无必要送它去赛马场了，直接把它拉去耕田种地得了。

瞧，马儿们终于由小马倌们骑着，从马棚里款款而来，让人看着都觉得是一种享受。你弓着背坐在围栏顶上，心里痒痒的。旁边小棚子里，黑人们笑着，唱着，他们一边煎腌肉，一边在煮咖啡。所有这一切都令人神清气爽。在这样的清晨，再也没有什么比闻着咖啡、粪肥、马儿、黑人、煎腌肉和烟斗喷出的烟混合在一起的气味更舒服的了。它简直让人陶醉，这丝毫也不夸张。

还是说说在萨拉托加的经历吧。我们在那儿待了六天，都没有被家乡来的人认出来。事事都如我们所愿：天气好，马儿好，赛事也办得好。总之，一切都很好。我们启程回家时，比尔达特还给了我们一篮子的食物，全是炸鸡和面包什么的。回到贝克斯镇，我身上居然还剩下十八块。见到我平安归来，母亲又是责备，又是哭泣，而父亲则不怎么吭声。我把自己在外面的经历从头到尾讲了一遍，唯独对于我一个人亲身经历、亲眼所见的某件事，却始终只字未提。这便是我接下来要写的内容。它使我心里难受，每天晚上还时常会困扰着我。事情的经过是这样的：

在萨拉托加，我们夜里便睡在小棚子里的干草堆上——比尔达特曾带我们去过那里。每天一大早，趁着人们还未入场，我们就和黑人们一起吃早餐；晚上，当看人们都散去了，我们又聚在一起吃晚餐。家乡来的那些人大部分时间都待在看台和赌马场上，很少去外边养马的地方转悠，只有到了赛前给马备鞍时他们才会去围场看看。和列克星敦、丘吉尔草场和咱们家乡的那些赛马场不同，在萨拉托加，他们没有在敞棚子中设置备马用的围栏，而是在户外草坪的树荫下装鞍。那片草坪和贝克斯镇上银行家波洪的前院一样，平整又青翠，好看极了。马儿们汗津津的，身上闪闪发亮，在那里躁动不安。人们已出来，驯马师和马的主人也在其中。他们一边抽着雪茄，一边看着自己的马儿。这时我的心就开始怦怦乱跳，几乎喘不过气来。

随着各就各位的号角吹响，年轻的骑师们，穿着丝绸做成的比赛服，骑着马出场了。于是我和黑人们赶紧抢占了一个靠栏杆的有利位置。

我一直渴望当一名驯马师或是拥有一匹属于自己的马，因此每场比赛前，我总是冒着被发现，然后被逮着送回家的危险，跑到备马场去看热闹。其他的伙伴都不敢去，只有我敢。

我们是礼拜五到达萨拉托加的，那场盛大的马尔福特障碍赛将在接下来的那个礼拜三举行。“半路追”和“一道光”都参加了那次比赛。天气很好，跑道坚实。比赛前一晚我兴奋得无法入睡。

碰巧的是，这两匹马都是我看了喉头就难受的类型。“半路追”是一匹阉割了的公马，身体细长，看起来傻傻的。它的主人叫乔·汤普森，是一名来自我家乡的小业主，只有五六匹马。马尔福特障碍赛全程为一英里，“半路追”的起跑不行，它总是不紧不慢，不到半程就被甩在了最后，直到后半程才开始发力。假如赛程增加到一点一五英里，它准能轻而易举地战胜所有的马儿，第一个到达终点。

“一道光”可就不同了。它来自我们家乡最大的范·里德尔农场，主人是纽约的范·里德尔先生。它是一匹强健有力的种马，就像你时常思念可又从未谋面的一位姑娘。它浑身结实，也很可爱。瞅着它的头，你就会有一种吻它的冲动。它是杰里·蒂尔福特训练出来的。这人认识我，对我挺好的，比如他会让我走进马棚，近距离地欣赏“一道光”什么的。再也没有什么比这匹马更美妙的了。它站在起跑线的时候，气定神闲，非常低调，而内心却早已热血沸腾。当起跑屏障刚被吊起，它恰如其名，一道阳光般的飞奔了出去。看着它跑，我的喉咙就会剧痛阵阵，难受不已。它腾空的四条腿几乎不着地，活像一只捕鸟猎犬。除了“半路追”，我还从未见到其他马跑得这么快过。

啊！我是多么渴望这场比赛，渴望看这两匹马同场竞技啊！可我又是期盼，又是担忧。两匹马中，我不想看到任何一匹败下阵来。我们之前还从未送过这样两匹势均力敌的马儿参赛呢。贝克斯镇的老人们这么说，黑人们也这么说。这倒是事实。

开赛前我曾去备马场看过，我看了一下“半路追”最后的准备情况：它站在备马场上的那副模样确实不怎么起眼，然后我又去看“一道光”。

一见到它我就知道，这将是它大显身手的日子。我已完全顾不上会被人认出来，一直走到那匹马跟前。贝克斯镇来的人都在那儿，可除了杰里·蒂尔福特，谁也没有留意到我。正因为他看见了我，才有了接下来的故事。我稍后会告诉你是什么事。

当时我就站在那里看着那匹马，喉咙疼痛难忍。我认为自己似乎懂得“一道光”的内心所想，尽管我也说不出原因。它是那么安静，任由黑人们替它揉腿，任由范·里德尔先生亲自给它装鞍。可我知道，当时它的体内一定是激流奔涌，就像尼亚加拉瀑布倾泻而下之前的那一瞬间。它并没有想着怎么去完成比赛，因为它根本就不必为此操心。它想的只不过是如何在赛前控制好自己的激情。准是这样，我多少能够看透它心里的想法。我很清楚，它接下来的精彩表现一定会让人大吃一惊。它既不骄傲，也不张扬；它不蹦不跳，不吵不闹，只是静静地等着比赛的到来。我明白这些，它的教练杰里·蒂尔福特也明白。我一抬头，正好与他目光相接。我忽然有一种奇怪的感觉：我喜欢这个人，就像我喜欢这匹马一样，因为他能想我所想。在我看来，世上除了他、那匹马和我，一切都已化为了虚无。我禁不住泪流满面，而杰里·蒂尔福特的眼里也是透着泪光。接着我便去栏杆那边，等着观看比赛。这匹马比我强，也比我更冷静，现在我也发现它比杰里强得多。他是我们当中最冷静的，虽然即将去比赛的恰好就是他。

不出所料，"一道光"赢得了第一名，而且还打破了一英里赛马的世界纪录。如果说别的我都没有注意到，至少对这一点清楚得很。一切都在我的意料之中。"半路追"从一起跑就被落下来了，渐渐越甩越远，可它奋起直追，后来居上赢得了第二名。我早就知道它会这样。有朝一日，它也会创造世界纪录的。在赛马场上，贝克斯镇的马是不会失败的。

在观看赛马的过程中，我一直十分平静，因为我早就能预料到比赛的结果。我对此很有把握。而汉利·特纳、亨利·瑞贝克和汤姆·唐伯顿三人，则远比我要激动得多。

我还遇到了一件挺可笑的事。我一直对驯马师杰里·蒂尔福特念念不忘，整个赛马期间，他是多么开心啊！那个下午，我喜欢他甚至超过了喜欢自己的父亲。我是如此地想他，几乎连马儿们的比赛都忘记看了，这都是因为赛前我在围场上看到了他站在"一道光"身边时的眼神。我知道，早在"一道光"还是匹小马驹的时候，他就开始照料并训练它了。他教它奔跑的技巧，培养它的耐性，让它明白什么时候全力冲刺，永不放弃。我也知道，对他来说，这种自豪感就如同当母亲的看到孩子做出勇敢或非比寻常的表现一样。我生平还是第一次对别人产生这种感觉呢！

赛马当晚，我撇下了汤姆、汉利和亨利，单独溜了出去。如果一切顺利的话，我打算一个人去找杰里·蒂尔福特，和他亲近亲近。于是我便看到了下面发生的事儿。

萨拉托加赛马场建在镇子的边缘，收拾得干干净净。四周绿树环绕，都是些四季常青的品种，还有绿油油的草地。马场上的东西都被粉刷过了，挺漂亮。走过赛马场，那儿有一条专为汽车而修的硬马路，路面铺着沥青。沿着这条路走上几英里，就会有条岔道通往一个院子，里面有座形状奇特的小农舍。

我当时之所以沿着那条路走，是因为我看见杰里和其他几个人正开着汽车往那个方向去。我并没有想过要找到他们。走了一会，我便挨着一道篱笆坐下来想心事，他们正是从这儿经过的。我想尽可能与杰里近距离接触，因为我觉得跟他很亲近。也不知怎么回事，我又鬼使神差地进入了那条岔道，来到那栋奇怪的农舍跟前。我感到有些害怕，只想看看杰里，就像一个人在小时候，在黑暗中渴望见到父亲一样。就在那时，一辆汽车开了过来。杰里就在车里面，亨利·瑞贝克的父亲、家乡来的亚瑟·贝福德特也在，还有戴夫·威廉姆斯，以及两个我不认识的人。他们钻出汽车，径直走进了那座房子，只有亨利·瑞贝克的父亲例外。他跟其他人吵了起来，说不想进去。时间大约才九点钟，可他们都已喝得醉醺醺的，而那座形状奇怪的农舍里住的都是些坏女人。我忽然明白是怎么回事了。于是我顺着一道篱笆爬上去，透过窗户往里看。

屋子里的景象把我吓了一跳，简直没法形容。这些女人个个举止轻浮，丑陋不堪。她们既不耐看，也让人不想接近。她们姿色平庸，其中身材高挑的一个稍微好些，有点像阉割了的公马“半路追”，却不如它干净，长着一张又丑又僵硬的嘴巴，而且头发还是红色的。我实在看不出这群女人的魅力在哪儿。在一扇开启的窗外种着一大株玫瑰花，我便爬上去往里看个仔细。只见女人们穿着宽松的衣服，围着椅子而坐。那些男人进来后，有的就直接坐到了她们的大腿上。屋子里的气味污秽不堪，而那群人的嘴里则说着肮脏下流的粗话。这些话，小孩子们唯有冬天在贝克斯镇养马场附近才能听得到，可我实在没想到，女人在场时他们居然也毫不顾忌。一切都恶心透了！像这种鬼地方，恐怕连黑人都不屑光顾吧。

我盯着杰里·蒂尔福特。我说过，就因为在“一道光”即将步入赛场，去创造世界纪录前不久，他能够懂得那匹马的心思，我一直以来对他是多么敬爱和仰慕啊！

可是，在那个坏女人的屋子里，杰里居然自吹自擂，说这匹马是他一手打造出来的，实际上是他本人赢得了这场比赛，并创造了世界纪录。我很清楚，换作“一道光”，它是绝不会这样夸耀自己的。杰里像个傻瓜一样又是撒谎又是吹牛，我从来没有听过像这么愚蠢的话。

接下来，你猜他干了些什么？他瞅着那女人，那个瘦个儿的、硬嘴巴的、看上去像“半路追”，却又不如它干净的女人，眼睛都发亮了。那眼神，和当天下午赛前他在围场备马时看着我和“一道光”的时候一样。我当时就站在窗外。呸！我真希望自己没有离开跑马场，而是和那些马倌、黑人和马儿们待在一起。那个身材高挑、样子丑陋的女人隔在我俩中间，就像当天下午在围场上，“一道光”站在我俩中间一样，使我无法亲近他。

我突然恨起这个人来。我真想大叫一声，闯进屋去把他给杀了。之前我从未如此冲动过。我气得快要发疯，眼泪哗哗直流，双拳紧紧攥握，任由指甲刺破了我的手掌心。

杰里瞅了那女人许久，然后摇摇晃晃地走过去，和她激吻了起来。我悄悄离开，回到跑马场后倒头便睡，却一直无法入眠。次日，我立刻喊上其他伙伴跟我一起回家，却并没有对他们提起我所看到的一切。

之后我一直在琢磨这事儿，可怎么也想不通。又到了春季，我即将年满十六了，和往常一样，我还是每天清晨去跑马场观马。我又见到了“一道光”和“半路追”，还有一匹新马驹，名字叫作“轧轧响”

来着。我敢肯定，它能够打败其他所有的马儿，可是除了我和三两个黑人，其他的人并不怎么看好它。

然而一切都已悄然改变。跑马场上空气的味儿不正，闻着也不香了。这全是因为像杰里·蒂尔福特那样一个清楚自己要什么的人，居然可以在同一天里，先是观看“一道光”这样的马儿比赛，然后又和那样一个下贱的女人亲嘴。我实在想不通。去他的！他这么做究竟图个什么？我深受困扰，看马也好，闻香味也好，听黑人们哈哈大笑也好，都觉得没什么意思了。有时候，只要想到这件事我就窝火，简直想打人。我心浮气躁，无法平静下来。他为什么要这么做？我想知道为什么。

木　木

［俄］屠格涅夫

苏旳晗 译

在莫斯科一条偏僻的街道上，坐落着一栋灰色的宅院，院子里有白色的立柱，破旧的阁楼，还有歪斜的阳台。这里曾经住着一位守寡的太太，她有许多家奴，儿子们都在彼得堡供职，女儿们也已经嫁为人妇。她很少出门，悭吝地度过了自己孤寂的晚年。她生命的白昼，那些没有欢乐、阴雨连绵的日子，早已逝去；她生命的黄昏却比夜晚还要昏暗。

这位太太众多的家奴中，最出色的要数打扫庭院的格拉西姆了。他身高十二俄寸[①]，体格如壮士般健硕，可惜天生聋哑。被太太从乡下带到城里之前，他就已经和兄弟们分开，独自一人生活在村上的小屋里。他应该算得上是纳租农夫中最忠实能干的一个。格拉西姆天生力大，干起活儿来以一当十，什么活儿在他手上都不在话下，都能完成得干净利索。看他干活儿简直是一种享受：耕地时，他好像根本不需要马匹的辅助，只要把大手掌压在木犁上，便可翻开土地充满弹性

---

① 十二俄寸：十二俄寸约等于四十八厘米。由于成年人身高一般高于两俄尺，即一米四二，所以旧时俄国人描述身高时常常只说超出两俄尺以外的俄寸数。也就是说，格拉西姆的身高约为一米九六。

的胸膛；圣彼得日[①]里，他勇猛地挥舞着镰刀，仿佛一口气就能把一片小白桦树林连根砍掉；打谷子时，他轻快地晃动着三俄尺[②]长的连枷，肩上健硕的椭圆形的肌肉似杠杆般起起伏伏。而永久的沉默更使他那不倦的劳动显得愈发庄严。这样出色的庄户人，如若不是身有缺陷，哪个农家姑娘会不愿意嫁给他呢……后来有人把格拉西姆带到了莫斯科，给他买了靴子，还做了夏天穿的长外衣和冬天穿的羊皮袄，之后便塞给他一把扫帚和一根铁铲，就叫他去打扫庭院了。

起初他很不喜欢自己的新生活，自小他就习惯了在田间地头上过日子，突然的改变，他很不适应。因为残疾，他总是离群索居，静默严肃，加上身体健壮，仿佛真的就是一棵沃野上的大树。可是来到城里以后，他开始不知所措了，心情烦闷而又慌乱，就像一头健壮的小公牛，原本在茂盛的牧场上尽情地吃草，那青草繁茂得与它的肚皮一般高，可是突然被人从草场上拉走，扔到了铁路货车上，手足无措，方寸大乱。你看它那壮实的身体时而被煤烟和火花湮没，时而模糊在波涛般翻滚的蒸汽里，它随着轰鸣的火车一路飞驰，然而究竟奔向何方，谁也不曾知晓！格拉西姆早已习惯了繁重的农活，新的工作对他来说简直是大材小用。每天只要半个钟头他就能干完所有的活儿，然后站在院子中间，张着嘴出神地望着来往的行人，似乎想从他们身上参透，自己为何落入如今这般莫名其妙的境地。或者他会突然跑到角落里，将扫帚和铁铲扔得远远的，脸紧贴着大地趴上几个钟头，一动不动，好像一头困在笼子里的猛兽。不过，人总是善于慢慢习惯任何事情，格拉西姆也一样，他慢慢就习惯了城里的生活。他的活儿并不繁重，要做的只是保持院子的整洁，每天分两次运送两桶水，准备好厨房和宅子需要的木柴，白天不让生人进院，夜晚认真守夜就足够了。可以说，他对待自己的工作尽心尽力，恪尽职守，一丝不苟地完成：院子里连一片木屑、一点垃圾都不曾见过；取水的老马车要是在

---

① 圣彼得日：宗教节日，俄历六月二十九日。

② 俄尺：一俄尺等于七十一厘米。

路上陷进了泥里，他只需动动膀子，不只是车，就连老马都被他推着向前走了；他劈起柴来啪啦作响，木屑、木块四处飞散，仿佛自己劈的不是柴火，而是玻璃；说起陌生人，更不在话下，有一天深夜，他逮住了两个小偷，便抓起他们的脑袋狠狠地对着撞了几下，撞得太用力，以至于连警察局都不需要送了。打这以后，附近的人都非常钦佩他，就算大白天，人们看到这位可怕的守院人，也会对他挥手叫嚷，好像他能听到他们的呼喊声一样，而这些人根本不是小偷，仅仅是陌生的过路人。

格拉西姆和其他仆人的关系并不亲密，因为大家多少都有些怕他，但也绝不疏远，因为他把大家都当作自己人看待。他们用手势与他交流，他完全可以明白，理解得很准确，吩咐他做的事情，他也都一一完成。不过，对于自己应有的权利，他也毫不含糊，比如饭桌上谁也不敢坐他的位置。格拉西姆是一个十分严谨认真的人，他喜欢按照规矩有序地生活，在他面前就连公鸡都不敢斗架，否则，它们可就倒霉了！要是被他看到，他会立刻抓起公鸡的后腿，在空中抡上十来圈儿，然后猛地扔到四面八方去。太太的院子里也养了鹅，鹅可是公认的高贵而明白事理的家禽，格拉西姆自然对它们敬爱有加，悉心照料。他自己不就俨然一只傲气的雄鹅吗！

人们把格拉西姆安置在厨房上面的小阁楼里，整个房间他都是按照自己的口味布置的：他用橡木板做了一张四条腿的床，这可真是一张名副其实的大力士该睡的床啊，完全可以载起一百普特[①]的重量，绝对不会塌陷；床下面放了一个坚实的木箱；房间一角摆着一张同样结实的小桌子，桌边有一把敦实、牢固的三脚椅，格拉西姆经常举起它再放下，然后高兴地笑起来。阁楼平时都是上了锁的，那把挂锁的外形看起来有点像“卡拉奇[②]”面包，只不过是黑色的；锁头的钥匙就挂在格拉西姆的腰带上。他很不喜欢其他人走进自己的房间。

---

① 普特：俄国重量单位，一普特等于十六点三八公斤。

② 卡拉奇：圆弧形面包。

就这样一年的时间过去了，在那一年的年尾，格拉西姆的生活出现了一点意外。

格拉西姆的主人，就是那位老夫人，做事一定要遵照古法，她手下有一大群仆人，不仅有洗衣妇、缝衣妇、木匠、男女裁缝，而且还有一名马具匠，他同时还兼任兽医，实际上用人们看病也归他管，宅子里还有一名家庭医生，专门负责女主人的健康，此外还有一个鞋匠，叫作卡彼冬·克里莫夫，他是一个十足的酒鬼。克里莫夫总认为自己得不到慧眼人的赏识，要知道他可是从京城[①]来的有教养的人啊，如今却在莫斯科郊外的荒蛮之地碌碌无为，连个正经工作也没有。若是喝酒，那完全是在借酒浇愁，他常常捶胸顿足地发表这样的感慨。有一天，太太和她的管家加夫里拉谈起了卡彼冬，从管家那双黄色的小眼睛和鸭嘴一般的塌鼻子就能看出，他是一个天生善于发号施令的人。太太对卡彼冬的堕落十分惋惜，就在这之前，人们还看到他喝得烂醉如泥，醉倒在马路上。

“对了，加夫里拉，”她突然说，“我们给他安排桩婚事如何？说不定那样他就会安分下来了。”

“对啊！为什么不帮他找个老婆呢！肯定行，太太！”加夫里拉恍然大悟一样，高兴地回答道，“这真是一个好主意。”

“不过，让谁嫁给他呢？”

“这当然是太太您做主了。不管怎么说，他还是有些长处的，放到十个人里头，总还是可以挑出他的。”

“他是不是对塔吉亚娜挺中意的？”

加夫里拉本想说些什么，却又闭紧了双唇。

“好！就把塔吉亚娜许给他吧。”太太十分满意地嗅了嗅鼻烟壶问道，“知道了吗？”

“知道了，太太。”加夫里拉一边应答着，一边退出了门外。

回到房中（这是间耳房，整个屋子都放满了包着铁皮的箱子），

---

① 京城：指当时的首都——圣彼得堡。

加夫里拉支走了老婆，便在窗边坐下冥思苦想起来。女主人这个意外的命令显然使他犯了难。最后他站起身，找人把卡彼冬找来……在向读者转述他们的对话之前，有必要先介绍一下卡彼冬未来的妻子塔吉亚娜，以及究竟是何原因使得管家如此犯难。

塔吉亚娜就是我们上面提到过的洗衣妇中的一个（不过她是一个能干又娴熟的洗衣妇，因此只需负责清洗轻薄的内衣），她今年大约二十八岁，身材瘦小，淡黄色的头发，左侧面颊上长了几颗痣。在俄国，左侧脸颊有痣是凶兆，是命苦的标志。塔吉亚娜的确不能说是好命，她自幼就饱受虐待，一个人要做两个人的事情，却从来没有因为辛勤劳动而得到过一丝怜爱；她穿得十分破旧，工钱也少得可怜；亲戚呢，相当于一个也没有，她的一个叔叔曾做过管家，如今年纪大不中用了，已经被遣送回乡，还有几个叔父、舅父都是些庄稼汉，其他的就再也没有了。曾经她也算是个美人，但她的美貌很快就消逝了。她性情温和，或者可以用懦弱来形容，可能更为合适。对于自己的事情，她总是漠然处之，但对别人却极度惧怕，在规定时间内把活干完，是她心里唯一记挂的事情。她一向不与其他人谈天，只要听到别人提起太太的名字，马上就会害怕得瑟瑟发抖，尽管太太还不一定认识她。格拉西姆刚来的时候，她差点被他魁梧的身形吓晕过去，之后她就想尽办法避免与格拉西姆碰面，如若急着从堂屋赶到洗衣房，不得不从他面前经过的话，她甚至会把眼睛眯起来快速跑过去。格拉西姆起初并没有注意到她，可后来，每次她从他身旁仓皇经过的时候，格拉西姆总会莫名地微笑，再后来他开始凝望着她，最终已无法将视线从她身上移开了。他爱上了她，天知道是因为她柔顺的神情，还是那娇羞怯懦的举止。

一次，她悄悄地穿过院子，用手指小心翼翼地拈着太太一件浆好的短衫，突然有人抓住她的手肘，她大吃一惊转过头，不由自主地叫了起来，格拉西姆正站在她的身后。他一脸傻笑，吱吱哇哇地发出怜爱的声音，似乎想要送给她一只姜饼做的公鸡，翅膀和尾巴上还都装饰了金箔。她本想拒绝的，可是他硬塞给了她，之后，就摇着头走开了，走了几步他又回过头来，对她发出那种亲密的声音。从那天起，他就搅扰得塔吉亚娜再也不得安宁了，无论她去哪里，格拉西姆都会跟到哪里，去与她碰面，微笑着对她“说话”，向她挥手，时而猛地从怀里抽出一条丝带送给她，或者用他手中的扫帚扫去她面前的尘土，可怜的姑娘完全不知该如何是好。很快，全宅院的人都知道了哑巴扫院人的意图，嘲弄、讽刺、挖苦通通落到了塔吉亚娜的身上，可是没有一个人敢取笑格拉西姆，他不喜欢开玩笑，因此在他面前人们也从不调侃他心爱的姑娘。不管塔吉亚娜是否乐意，他都将她置于自己的保护伞之下了。格拉西姆像所有聋哑人一样感觉敏锐，每当有人拿他们寻开心的时候，他总能立刻反应过来。一天正值午饭时间，洗衣房的那个管事女人十分过分地嘲讽塔吉亚娜，可怜的姑娘局促不安，不知该看向哪里，恼怒得几乎要流下泪来。格拉西姆突然站了起来，伸出硕大的手掌，放在那管事女人的头顶，同时凶巴巴地盯着她的脸，吓得她把头死死地埋在饭桌上，再也不敢出言不逊了，众人也吓坏了，都不敢出声，这时，格拉西姆重新拿起调羹继续喝他的白菜汤。“看看，这聋哑的怪物，就是个树魔!”众人低声议论着，管事女人站起来就回房间去了。还有一次，格拉西姆看见卡彼冬（正是刚刚我们讲到的那个卡彼冬）跟塔吉亚娜交谈甚欢，他便向卡彼冬做了个手势，示意他过来，然后把他带进马棚，抄起一根立在墙脚的车杆，抓紧一头抡起来，吓唬卡彼冬，动作虽轻，用意却十分明显。从那以后，再也没人敢同塔吉亚娜搭话了。这一切并没有给格拉西姆带来任何麻烦，尽管那天管事女人一跑回房间便昏厥了过去，而且很巧妙地将格拉西姆的野蛮行径传到了太太的耳中，可是这位喜怒无常的太太只是一笑了之，还几次把管事女人弄得十分难堪，她非要强迫她讲述那天的经过，诸如“他是如何用那大巴掌把你的头摁下去的”等等。第二天太太就赏赐给了格拉西姆一个银卢布，她觉得这位守门人一腔忠心，且力大无比，便对他赞赏有加。格拉西姆倒是很怕他的女主人，而且他还指望着太太能施恩于他，应允自己和塔吉亚娜的婚事呢。他盘算着只需要等到管家承诺过的新长衫一到手，便穿着体面地去恳求太太的恩典。可是没想到，事情偏偏节外生枝，这位令人难以捉摸的太太却已经要将塔吉亚娜许配给卡彼冬了。

读者此刻应该明白了，为什么加夫里拉与太太交谈过之后，会如此的犯难。他坐在窗边犯了嘀咕："太太心里对格拉西姆的青睐是显而易见的（这一点加夫里拉早就了然，因此才会纵容格拉西姆之前的行为），不过他到底是个哑巴，总不能由我去向太太说明，他其实早就看上塔吉亚娜了吧。再说了，他哪儿算得上是什么丈夫呢？可是，另一方面来想，万一——上帝原谅我——一旦这个树魔知道塔吉亚娜就要归卡彼冬了，还不得把这个宅子搅得天翻地覆啊，一定会的！和他这种怪物——请上帝原谅我——是讲不通道理的，不管用什么办法都不能说服他……绝对说服不了！"

卡彼冬的到来打断了加夫里拉的思绪。那个举止轻浮的鞋匠背着手走了进来，肆意地倚靠在门边突出来的墙角上，右腿交叉地搭在左腿前，一副玩世不恭的样子，摇晃着脑袋，好像在问，我已经来了，说吧，找我什么事？

加夫里拉一边用手指敲打着窗棂，一边打量着眼前的这个鞋匠。卡彼冬只是微微眯着他那双暗淡无华的眼睛，但并没有闭起来，用眼睛的缝隙睥睨着眼前的加夫里拉，而且他的脸上竟然还挂着一丝冷冷的嘲讽，然后捋了捋那凌乱不堪、业已斑白的头发。那神情好似在说，对，是我，就是我，有什么好看的？

"你倒好啊，"加夫里拉一出口又顿住了，"真是好得没话说了！"

卡彼冬只是耸了耸肩膀，心里似乎暗想着：你又比我好多少呢？

"嗨，你看看，看看你自己，"老管家满口责备地说道，"你看看自己像个什么样子？"

卡彼冬淡定地看了看自己那脱了线的破礼服和摞着补丁的旧裤子，特别仔细地打量了那双破了洞的靴子，尤其是被右脚斯斯文文倚靠着的那一只，然后他的目光又落回到了管家的身上。

“您叫我来有什么事呢?”

“您叫我来有什么事呢?”加夫里拉学着他的语气重复着，“还能有什么事，你还问我有什么事?看看你那鬼样子——请上帝原谅我——唉，你简直就是个无赖。”

卡彼冬飞快地眨巴着眼睛。

“骂吧，随你骂好了，不和你一般见识，加夫里拉·安德烈伊奇。”他心里想道。

“你是不是又灌酒了?”加夫里拉问道，“又灌了，是不是?说啊。”

“我身体虚弱啊，才喝了点带酒精的饮料。”卡彼冬解释道。

“身体虚弱?你就是鞭子挨得太少了，就是这么回事，还在彼得堡学过徒呢……可真是学了不少东西，白白地浪费了那么多粮食。”

“您要是这么说，加夫里拉·安德烈伊奇，这世界上只有一个审判官有权评判我，那就是上帝，除此之外再无他人。只有上帝才知道我究竟是怎样的人，只有上帝才知道我活着究竟是不是白白地浪费粮食。您要是想说我前几天喝醉酒的那件事，错也不在我，要怪就怪我那个朋友，是他先勾起了我的酒瘾，然后自己却走掉了，而我……”

“而你，像个呆头鹅一样，被丢在大街上了是吧?你这个放荡的家伙啊！不过，我找你来倒不是为了这件事。”管家继续说，“是这样，咱们太太……”他突然顿了顿，“咱们太太仁慈，想给你安排桩婚事，听见了没有?她想着，你一旦讨了老婆，就会安守本分了。你能理解太太的良苦用心吗?”

“我怎么会不理解呢。”

“嗯，如果照我的办法，我觉得还是多抽你几次更有用些。不过，那是太太的意思，怎么样?你同不同意?”

卡彼冬咧开嘴笑了。

“娶亲当然是好事了，加夫里拉·安德烈伊奇。我嘛，自然是一百个愿意。”

“唔，好好。”加夫里拉说完，心里想道：还别说，这家伙倒是很会讲话。“只不过，这新娘选得有点难办啊。”

“那我可不可以问一下，究竟是哪一个呢？”

“塔吉亚娜。”

“塔吉亚娜？”

卡彼冬瞪大了眼睛，离开墙角挺直了身子。

“你干什么这么惊讶？难道她不合你的心意吗？”

“怎么会不合意呢，加夫里拉·安德烈伊奇，她倒是个好女人，既勤快又温顺。只是您也知道，加夫里拉·安德烈伊奇，您知道那个树怪，那个草原上的怪物对她很是中意呢。”

“我知道，伙计，我全都知道，”管家气恼地打断他，“不过你要知道……”

“加夫里拉·安德烈伊奇，您行行好吧！他肯定会宰了我的，他弄死我就像捏死只苍蝇！天啊，那是一双什么样的手啊，您看看，他那双手简直就是米宁和波查尔斯基[①]的手啊！他打起人来凶狠得简直想要人命，可他自己却什么都听不见，因为他是个聋子，他梦游似的挥舞着拳头，想要阻止他根本就不可能！为什么？因为，您全都清楚，加夫里拉·安德烈伊奇，这个聋子蠢得像脚后跟一样。还有，这个蠢货他就是头野兽啊，加夫里拉·安德烈伊奇！不，他不是什么怪物，他就是块木头。我为什么要去受他欺辱呢？确实，我现在对什么事都满不在意，我已经见怪不怪，逆来顺受了，现在的我油滑得好似发亮的科洛姆纳[②]水罐，但是，我，我总归还是一个人，并不真的就是那个分文不值的水罐啊。”

“我知道，我都知道，别再说了……”管家打断了他。

---

① 米宁和波查尔斯基：都是民族英雄，1611—1612年，他们打败了波兰侵略军，解放了莫斯科。

② 科洛姆纳：城市名，位于莫斯科河河畔。

“我的上帝啊!”皮鞋匠激动地继续说，“什么时候才是个头呀?什么时候，我的主啊！我的命怎么这么苦啊！这难道就是我的命吗?我自小就在德国师傅的鞭打下度日，长大了又饱受同胞的欺负，如今正值壮年又该经受着怎样的折磨啊!”

“好了！你这个没用的东西,”加夫里拉说道，“为什么絮絮叨叨没完没了呢，真是!”

“您说为什么?加夫里拉·安德烈伊奇！我不怕挨揍，加夫里拉·安德烈伊奇，说实话，要是老爷关起门来揍我，我绝对不会反抗，因为我还是个人啊，在人前总还是要对我问好致意的啊，我总归是个人，可如今我要面对的人，他算是个什么东西呢……”

“喂，够了，滚出去吧。”加夫里拉按捺不住怒火打断了他。卡彼冬转身慢吞吞地往外走。

“要是他那边我们处理好了,”管家在他身后喊道，“那你愿不愿意?”

“我绝对愿意。”说完，卡彼冬就出了门。即使在穷途末路的情况下，他也不会失去自己的口才。

管家在房间里踱来踱去，冥思苦想。

“好吧，现在去叫塔吉亚娜来吧。”他终于吩咐道。

过了一会，塔吉亚娜悄然出现在了房门口。

“您有什么吩咐吗，加夫里拉·安德烈伊奇?”她小声地问道。

管家仔细地端详着她。

“是这样的,”他说道，“亲爱的塔纽莎①，你想不想嫁人啊?太太帮你寻了门亲事。”

“明白了，加夫里拉·安德烈伊奇。只是，他们，想要把我嫁给谁呢?”她支支吾吾地问道。

“卡彼冬，就是那个鞋匠。”

“哦，我知道了。”

---

① 塔纽莎：塔吉亚娜的昵称。

“这个人确实有些靠不住，但是太太希望你能让他有所改变。”

“嗯，我知道了。”

“但是，这事可有点麻烦。要知道那个聋子，格拉西姆也看上你了。真不知道你是怎么把那头熊迷得神魂颠倒的？他可能会把你宰了，他就是一头野兽啊！”

“他肯定会杀了我的，加夫里拉·安德烈伊奇，他会轻而易举地杀了我。”

“他会杀了你……哼，我们走着瞧吧。你凭什么说他会杀了你，他有什么权利去杀你，你自己好好想想。”

“我不知道，加夫里拉·安德烈伊奇，我不知道他有没有这样的权利。”

“你这个女人啊！再说了，你又没有对他许诺过什么。”

“可以这样吗？”

管家沉默了一下，心里想道：这个女人真是顺从得可以！

“啊，好了，”他说道，“我们改天再谈，你先走吧。塔纽莎，看得出来，你的确是一个恭顺的女人。”

塔吉亚娜转过身，轻轻倚了一下门框便出了门。

“说不定，太太明天就把这门婚事给忘了呢。”管家想着，“我干什么要操这份心呢？我们干脆就把这个混蛋绑住，要是他闹起来，就直接送到警察局去好了。”

“乌斯季尼娅·费多罗夫娜，”他大声唤着妻子的名字，“把小茶炊点好，我的好媳妇儿。”

塔吉亚娜几乎一整天都没出洗衣房半步。她先是抽泣了一会，然后揩干眼泪又和往常一样干起活来。

卡彼冬则与一个面色阴沉的朋友在酒馆里一直坐到深夜，他详详细细地跟这位朋友讲述着自己在彼得堡老爷那里的生活，那位老爷哪儿都好，也还算循规蹈矩，就是有个小毛病，就是太爱喝酒了。至于女人嘛，凡是能吸引女人的本事，他都有。那个阴郁的朋友只是随声附和着，直到卡彼冬说到由于某种原因，他明天非自尽不可的时候，那个愁闷的朋友才终于发现，已经到了该睡觉的时辰了。于是两个人默不作声地各自回家去了。

管家希望的事情并没有发生。太太不仅没有忘记卡彼冬的婚事，还十分地惦记，甚至在夜里和她的伴睡女人[①]也只谈论了这一件事情，这种伴睡女人是专门在她失眠时陪伴她的，就好像值夜班的车夫一样，仅在白天睡觉。第二天早茶之后，加夫里拉去向她报告家务时，太太问的第一句话就是："我们说的那桩婚事进行得怎么样了?"他顺口就答道："进行得非常顺利，卡彼冬今天就要来感谢您的恩典呢。"太太身体不是很好，不能过久地处理事务，草草问了几句，就全部托付给了管家。管家很快就回房间召集大家开会去了，这件事的确需要谨慎处理，集思广益，征求大家的意见。塔吉亚娜自然不会反对，但是卡彼冬当着众人的面宣称，他只有一个脑袋，并没有两三个……格拉西姆呢，则恶狠狠地扫视着众人，他不愿离开女佣房门口的台阶，仿佛已经猜到大家在商讨什么对他不利的事情。大家商量来商量去（他们当中有一个专门伺候吃饭的老用人，绰号叫作"尾巴叔叔"，无论是谁，一有疑惑总会满怀敬意地向他寻求答案，尽管得到的总是"就是这样，对，对，对"之类的回答)，最后决定，为了安全起见，先将卡彼冬锁在放净水器的储藏室里，然后再静下心来想办法。最简单的方式就是通过暴力解决，可是上帝啊，这可不妥，要是把事情闹大了，搅扰了太太的生活那可就糟了！不然该怎么办呢？大家想了又想，终于想出了一个办法。他们早就发现，格拉西姆格外讨厌醉鬼，每次他坐在门口，要是看到有人喝得醉醺醺的，特别是看到有人摇摇晃晃、连帽檐都歪到耳边上去的时候，他都会特别厌恶地扭过头去。因此他们决定教塔吉亚娜装醉，晃晃悠悠地从格拉西姆面前走过。可怜的女人开始不肯答应，后来终于被大家说服了，因为她自

---

① 伴睡女人：贵族地主家的食客，以陪伴女主人、为女主人朗诵书籍为职业。

己也明白，只有这个办法才能帮她摆脱这位爱慕者的纠缠。她这样做了，之后卡彼冬也被放了出来，这件事说到底就是他的事情。格拉西姆坐在门口的石墩上，拿着他的铁铲在地上掘来掘去……此刻，每一个角落，每一幅窗帷后面都有人在偷偷地注视着他。

这个鬼点子取得了非常好的效果。一开始，格拉西姆看到塔吉亚娜，就像往常一样，摇晃着头，发出亲昵的声音；随后，他仔细地看着她，将铁铲一扔，跳起来走到她身前，将自己的脸和她的脸紧紧地贴在一起。那女人吓坏了，闭着眼睛抖个不停。他抓起她的胳膊，拉着她飞快地穿过整个院子，冲进了那个充当会议室的小房间，把她径直推到了卡彼冬的身上，塔吉亚娜瞬间就昏厥了过去。格拉西姆站在那，嘲弄地望着她，笑着挥了挥手，然后就离开了，他的步伐那样沉重，一步一步回到自己的房间去了，整整一天一夜他都没有再从阁楼中走出来。后来，马夫安吉普卡说起过，他透过墙缝看到格拉西姆坐在床板上，一只手拖着面颊，偶尔暗暗地有规律地发出哼哼的声音，好似在吟唱着什么，他紧闭双眼摇晃着身子，头也跟着不时地晃动着。卡拉西姆当时那个样子就像那些车夫、纤夫唱起他们的悲歌时一样。安吉普卡感到一阵寒意便走开了。第二天，格拉西姆从阁楼里走出来的时候，与平日并没有什么两样。只是他的脸色更加阴沉，而且完全不去注意塔吉亚娜和卡彼冬了。当天晚上，塔吉亚娜和卡彼冬二人夹着大鹅去太太那里谢恩，一个礼拜之后他们便举行了婚礼。结婚当日，格拉西姆也没有什么特别的表现，只是两手空空地从河边回来，不知怎的，在途中竟把水桶打破了。夜间，他在马厩里拼命地擦洗马身，以至于那匹马在他的铁拳下，竟像野草在风中一般晃动不停，站都站不稳了。

这些事情都发生在春季。

又是一年过去了，卡彼冬彻底成为了一个无可救药的酒鬼，再也没有一点儿用处，于是连同他的妻子塔吉亚娜一起，被打发到了偏远的农村。离开那天，他还逞强地宣告说，无论他被遣送到哪里，哪怕是被赶到农妇洗衣服的地方，他也能用棒槌够到天边的地方[1]，也绝不会一蹶不振。可是后来他意识到自己真的要被打发走了的时候，又泄了气，开始抱怨人们把他送到野蛮人那里去，最后他竟萎靡得连自己的帽子都戴不起来了。有一个好心人帮他把帽子扣在头上，摆正了帽檐，又压了压才算是戴稳了。一切都准备就绪，马车夫已经拉好了缰绳，只等"上帝保佑[2]"的口令一发，马上就出发。此时，格拉西姆从自己的阁楼里走了出来，他来到塔吉亚娜跟前，送给她一条红头巾[3]留作纪念，这是他一年前就买好的了，一直没有送出去。在此之前，塔吉亚娜一直淡然地承受着命运带给她的伤痛，然而此刻，她再也无法抑制，泪水肆意地流了下来，当她上马车的时候，还按照基督教的礼仪亲吻了格拉西姆三次。原本格拉西姆想要一路把她送到城门口，开始也一直跟着她的马车跑，但走到克里米亚浅滩的时候，他突然停了下来，对着马车挥了挥手就沿着河岸回去了。

夜幕将至，格拉西姆仍然静静地沿着河岸走着，他凝视着河水，突然觉得河岸边的泥潭里有什么东西在挣扎。他俯下身子看到了一只小狗，白毛里还掺杂着黑色的斑点，尽管它用尽全力，却怎么也不能从泥中爬上来，它拼命挣扎，那瘦小的身躯不住地颤抖。格拉西姆看了看这只可怜的小狗，便一手托起，把它塞在怀里，然后快步回家去了。一回到自己的阁楼，他立刻就把刚刚救起的小狗放到了床上，给它盖上厚大衣，然后先跑到马厩里取了些稻草，又去厨房里讨了一杯热奶。他小心翼翼地掀起大衣，给它细细地铺上一层干草，再把牛奶放到了床边。这苦命的小东西生下来才几个星期，眼睛刚刚能睁开，还一只大一只小，而且它也不会从茶杯里喝水，只是眯着眼睛不停地打颤。格拉西姆伸出两根手指，轻轻地把它的小脑袋摁到牛奶边。小狗马上扑哧扑哧地喝了起来，一边瑟瑟发抖，一边还贪婪地喝得喘不

---

① 此处指天涯海角。

② "上帝保佑"是出发前的惯用语。

③ 在俄国传统婚俗中，红头巾是用来求婚的信物。

过气来。格拉西姆看着看着，突然开怀地笑了。他整晚都在照顾它，一次次地给它铺稻草，帮它擦干身体，后来终于在它身旁睡着了，睡得那么安稳、那么香甜。

没有哪个母亲会比格拉西姆照顾他的“养女”更尽心的了（原来这是一只小母狗）。刚开始它特别虚弱，样子也不太好看，但在格拉西姆无微不至的照料下，它愈发强壮愈发匀称，过了八个多月，竟长成了一只非常漂亮的西班牙良种狗，它有一对长长的耳朵，尾巴毛茸茸的像个喇叭，那双大眼睛也炯炯有神。它非常依恋格拉西姆，寸步不离，无论格拉西姆去哪里，它都会摇着尾巴跟在身后。他给它取了个名字，叫作木木（为了引起别人的注意，哑巴都会发出含糊不清的呜呜声）。这座宅子里的人都很喜欢这只小狗。聪慧的木木对所有人也都非常友善，但它只忠诚于格拉西姆一人。格拉西姆也全身心地爱着它，他甚至不喜欢别人摸他的木木，是怕别人弄伤了它抑或是吃醋了，只有天才知道！每天清晨，木木都会扯着格拉西姆的衣襟把他叫醒，然后叼着缰绳把运水的老马牵到他跟前（它和老马已经是好朋友了），还会一本正经地陪他去河边取水，帮他守卫扫帚和铁铲，有它在谁也不能靠近他们的阁楼。为了方便它的出入，格拉西姆特意在门上凿了一个小洞。木木似乎也感觉到，只有在格拉西姆的阁楼里自己才是真正的主人，因为一旦进了屋子，它就会立即心满意足地跳到床上。它夜间从来也不睡觉，但绝不会像那些呆头呆脑的看门狗一样无故乱吠，那种狗蹲坐在后腿上，眯起眼睛仰头对着星空接二连三地乱叫，完全是出于无事可做。不！木木从来都不会莫名其妙地发出那种细细的叫声，除非围墙外有陌生人靠近，或者哪里有什么可疑的响动，它才会叫起来……总而言之，它真是一条非常出色的看家狗。对了，除了木木以外，院子里还有一条带棕色斑点的老黄狗，唤作沃尔乔克，人们用铁链子拴着它，就连夜间也从没放开过，不过它已经年迈，大概也不想求得什么自由了。它每天都趴在窝里，身体蜷成一团，只是偶尔叫上几声，声音喑哑得几乎听不清楚，它自己大概也觉得这种叫声全然没有作用，于是叫上两声就不再叫了。木木从来不走近太太的房间，如果赶上格拉西姆去上房送柴，它就独自在台阶上焦急地等着，一旦房门有轻微的响动，木木就会立刻竖起耳朵，小脑袋瓜儿左边瞧瞧右边看看……

就这样又过了一年。格拉西姆依旧做着打扫院落的工作，他非常满意自己现在的生活，直到那次意外的发生……

一个晴朗的夏日，太太和她的寄宿女人们在客厅里闲逛，兴致很高，有说有笑的寄宿女人们也都满面笑容，可是她们并不是发自内心地高兴，太太心情舒畅这可不是什么好事，首先太太会命令大家和她一样高兴，如果谁的脸上没有挂着同样舒心的笑容，她就会大为光火；其次呢，太太的这种昙花一现的好心情通常持续不了多久，转眼间就会幻化为阴郁烦躁的坏情绪。这一天她满心欢愉地起床，早晨算命时抽到了四张J，这可是心想事成的好预兆（她每天早晨起床前都会抽牌算命）。所以那天的早茶她喝起来也格外香醇，女仆为此还受到了褒奖，得到了十个戈比的赏钱呢。她在客厅里散步，干瘪的双唇洋溢着甜蜜的笑容，最后她在窗边停了下来。窗外有一个小花园，花坛正中的玫瑰花丛下，木木正在那专心地啃着骨头。太太看到了它。

“哦，天啊！”她嚷了起来，“那是哪来的狗呀？”

被太太问到的那个寄宿女人突然忐忑起来，甚至有些惊慌失措，那副不安的样子，是奴仆们一时揣测不到主人叫嚷的意图时惯有的反应。

“呃，我……我不……我不知道，太太，”她含糊地答道，“可能……是那个哑巴的吧。”

“啊，我的天啊！”太太抢过她的话嚷道，“多精神的小狗啊！快叫人把它牵过来。养了很久了吗？我怎么从来都没有见过？快找人把它带过来。”

寄宿女人马上飞奔到前厅。

“快来人，来人啊！”她喊道，“快把木木弄进来，它在小花园里呢。”

“啊，它叫木木，”太太说道，“这名字不错。”

“哈哈，是啊，太太，”寄宿女人附和着，“快点，斯捷潘！”

斯捷潘是一个年轻健壮的仆人，听到命令后便迅速跑到花园里想捉起木木，可是伶俐的木木一看势头不对，做好了准备，轻轻松松地从他的指间跳脱了出来，翘着尾巴飞快地跑去找格拉西姆了。此时格拉西姆正在厨房里摆弄着水桶，在他的手里，水桶就像拨浪鼓一样自由地翻来覆去。斯捷潘一路跟着木木追了过来，就在它主人的脚边想要抓它，可是木木太过敏捷，蹦跳着躲闪这双陌生的大手。格拉西姆好笑地看着眼前这场闹剧，最后斯捷潘恼羞成怒，急忙起身对着格拉西姆比划，告诉他：太太吩咐，叫人把你的狗带过去。格拉西姆一脸狐疑，但还是召唤木木，把它抱给了斯捷潘。斯捷潘把它抱到客厅便放在了地板上。太太柔声细语地哄弄着木木，想唤它到身边来。可是木木打从出生起，就没在这么奢华的房间里呆过，它吓坏了，拼命想往门外跑，而那个谄媚的斯捷潘又把它给拦了回去，可怜的木木只好倚着墙壁瑟瑟发抖。

“木木，木木，来，到我这来，到主人身边来，”太太召唤道，“来，小傻瓜儿……不要害怕呀……”

“快去，快去呀，木木，到太太身边去，”寄宿女人们争相附和道，“快过去。”

可是木木惊恐地看着四周，一动也不敢动。

“拿点东西来给它吃，”太太吩咐道，“它可真傻！干嘛不到我身边来，有什么好怕的呢？”

“它对这里还不怎么熟悉。”一个寄宿女人小心翼翼地悄声答道。

斯捷潘用小碟盛了些牛奶摆在木木面前，可是木木连嗅都不嗅一下，依然颤抖着四处张望，打量着这里的一切。

“哎呀，你这小狗啊！”太太说着，走到它跟前，俯下身想要摸摸它，然而木木却猛地转过头龇出了牙齿，太太吓得赶忙把手缩了回去。

客厅里瞬间一片寂静。只有木木发出尖细而又悲凉的叫声，好像在倾诉，又像在乞求谅解。太太转过身，眉头紧锁，这只狗突如其来的举动让她受到了惊吓。

“啊!”寄宿女人们全都叫了起来，“它没有咬到您吧，老天保佑啊!（木木自小到大还从来没有咬过人呢）啊，我的天哪!”

“把它弄走，”老太太的语气一百八十度大转弯，“这不知好歹的狗！简直是恶狗!”

说完，她缓缓地转身，慢慢地向卧房走去。寄宿女人们惶恐地对视了一下，刚想跟太太一起走，可太太却突然止步，冰冷地看着她们说道：“你们干什么？我又没叫你们。”说完就回房去了。

寄宿女人们神情沮丧地对着斯捷潘挥了挥手，斯捷潘于是拎起木木，冲着门口使劲一扔，直接扔到了格拉西姆的脚下。整整半个钟头这座宅子都沉浸在一片死寂之中，老妇人独自坐在沙发上，面色阴沉得堪比雷雨天的乌云。

人啊，竟然常常会被这样微不足道的小事搅扰得如此心烦意乱!

直到晚上太太依然闷闷不乐，她不说话，也不玩牌，整夜都过得昏昏沉沉。香水也不似平日的芬芳，枕头上也透着一股肥皂的怪味，为此她责令管衣服的女人把所有衣物都闻了个遍。总而言之，她焦躁不安，烦闷异常。第二天一大早，她就派人把加夫里拉叫了过来，这比平日都要早上一个钟头。

“你说说，”心中满是疑惑的管家刚一迈过门槛，她就开口说道，“是哪儿来的狗在咱们院子里叫了一夜啊？搅得我根本睡不着觉!”

“狗……太太……那，那可能是哑巴的狗吧。”他结结巴巴地答道。

“我不管是哑巴的狗，还是别人的什么狗，总之它叫得我不得安生。我就不明白了，养那么多狗在家里做什么？咱们家里不是有一条看门狗了吗?”

“啊，是的，太太，是有一条，叫沃尔乔克。”

“那为什么还要养其他的狗啊？净是些闹人的东西，就是吃定咱们宅子里没个能管事儿的人。那哑巴凭什么养条狗啊？谁允许他在我的宅子里养狗了？昨天我在窗边看到那脏东西趴在小花园里啃骨头，那里可是种着我的玫瑰啊！”

太太顿了顿，接着说道，语气里带着不容置疑的威严。

“今天，找人把它弄走！听到了没有？”

“听到了，太太。”加夫里拉小心翼翼地回答。

“就今天，现在就去，把它弄走。然后再来向我汇报。”

加夫里拉退了出去。

管家穿过客厅的时候，为了整齐有序，还把摇铃从一张桌上挪到了另外一张桌上，他先在大厅里悄悄地擤了一下那鸭嘴似的扁鼻子，然后走进了前厅。当时斯捷潘正躺在前厅的长椅上睡觉，他把上衣当作被子盖在身上，两条腿露在外面，那副睡相俨然是战争画上被打死了的士兵。管家把他推醒，在他耳边吩咐了几句，斯捷潘打着哈欠，似笑非笑地回应着。管家一走，他就一跃而起，披上外衣，蹬上靴子，然后走出门，停在了台阶上。果然，没过五分钟，格拉西姆就背着一大捆柴出现了，尾随其后的是一向形影不离的木木（就连夏天，太太也命人把她卧室和内室的炉子点着）。格拉西姆侧身站在门口，肩膀一倚，门便开了，他背着柴火挤了进去。木木还像往常一样，留在外面等他。斯捷潘抓住时机，猛地向它扑了过去，就像老鹰捉小鸡一样，用胸口死命地把它按在地上，然后一把搂住，连帽子都顾不上戴，抱着它就往外面跑，看到一辆马车便立刻冲了上去，径直奔向了禽物市场。在那儿他很快找到了个买家，把木木卖了半个卢布，还再三叮嘱买家，起码要把狗拴上一个星期才能放开，然后才放心地回家去了。不过，还没等马车跑到家门口，他就早早地跳了下去，绕过宅子从后巷的围墙上翻进了院子，他怕直接走正门会和格拉西姆撞个正着。

其实，他完全多虑了，格拉西姆早就不在院子里了。他一出上房就发现木木不见了，在他的记忆里，木木一直在等他回来，今天怎么啦？他寻遍了木木可能会去的地方，一边找一边用他独有的方式唤着小狗的名字。他飞奔回自己的阁楼，又去干草房、去马路上拼命地找，来来回回，找来找去……它真的不见了！格拉西姆心乱如麻，他又去问别人木木的行踪，绝望地做出离地半俄尺高的动作，比划着它的外形……那些人确实不知道木木去了哪里，只好一个劲儿地摇头，有些知道内情的人只能淡淡地笑一笑，算是回答，管家则装出一副极严肃的样子召唤着马车夫。格拉西姆只得跑到院子外面去找了。

他回来的时候，天色已经黑了。从那疲惫不堪的面容，踉跄的脚步和满是尘土的外衣就能猜出，他一定已经找遍了大半个莫斯科城。他立在太太的窗前，扫视着那站了七八个用人的台阶，又扭过身来呼唤着小狗的名字："木木!"可是依然没有回答，他只好默默地走开了。看着他离去的背影，谁也说不出话来。第二天早晨，那个爱管闲事的马车夫安吉普卡在厨房里对人们说道，整整一夜哑巴都在哀叹唏嘘。

第二天格拉西姆也没有走出房门，另一个马车夫波塔普代替他去取了水，波塔普对这个临时安排很不满意。后来，太太询问加夫里拉，是否执行了自己的命令，加夫里拉回答道已经办妥了。第三天清晨，格拉西姆终于从阁楼里走出来干活儿去了，午饭前他回来过一趟，吃过饭便又离开了，跟谁也没有打过招呼。原本他就像所有聋哑人一样神情呆滞，如今简直犹如石头一般冷峻。午饭后他又跑到外面去了，不过没过一会儿便又回来，随即就钻进了干草棚里。

夜色阑珊，月光皎洁，格拉西姆躺在床上辗转反侧，难以成眠。突然，他感到有什么东西在拉扯他的衣角，他微微一颤，没有在意，也没有抬头，反而闭起了眼睛，可是他的衣服又被猛地扯了一下。他倏地跳了起来，面前竟是木木在打转，它的脖子上还系着一截被扯断了的绳子，木木失而复得了。他欣喜若狂，一声绵长的欢呼穿过他那沉寂的胸膛，喷涌而出。他抱起木木，一把拥在怀里，木木也温柔地舔着他的鼻子、眼睛、嘴唇和胡须……格拉西姆站在那里思索了一会，便蹑手蹑脚地从草垛上爬下来，环顾四周，确定没有被人看到，才放心地带着木木回到了阁楼里。

其实他早就猜到，木木不是自己跑丢的，而是太太命人把它抱走的，有人跟他比划过，说木木差点咬了太太，太太肯定怀恨在心，下决心要把木木抱走的。于是，他在心里暗下打算，得好好计划一番了。他先给木木喂了些面包，温柔地抚摸了它一会儿，把它哄睡之后就开始思索起来，整整一夜他都在筹谋，怎样才能把木木藏好。终于他决定：白天把它留在阁楼里，偶尔来看看它，晚上再带它出去遛遛。他用大衣把门上的洞塞得严严实实，天刚一亮，便若无其事地走到院子里去了，还故意保持着之前那悲伤的神情。多天真的计策啊！可怜的聋子又怎么能想到，木木的叫声会出卖它自己呢！事实上，没过多久，宅子里的人就全都知道哑巴的狗回来了，还知道他把它锁在了阁楼里，不过他们都装作毫不知情，一方面是出于怜悯，另一方面也是因为对他着实惧怕。只有管家边拍后脑勺边挥手地感叹道："唉，上帝保佑他吧！希望太太不会发现！"哑巴也从未像那天一样倾尽全力地干活：院子被他清扫得一尘不染，连最细小的杂草也被他拔得干干净净，为了确认小花园的篱笆是否牢固，他把木桩一根根地拔起，再亲手一根根地钉了回去。他满腔热情地忙碌着，就连太太都为之侧目。这期间他还偷偷回去看了"隐居者"几次。晚上格拉西姆也不睡在干草垛上了，而是和木木一起睡在阁楼里，刚过午夜一点他就迫不及待地带着木木去外面玩耍。在院子里玩了好一会儿，本来他们已经准备回房了，可是墙外的后巷里突然传来了窸窸窣窣的响声，警觉的木木立刻竖起耳朵，大声吠了起来，它跑到墙边嗅了嗅，叫声愈发尖利响亮，原来是个酒鬼醉倒在那里。此时，太太的神经衰弱刚有好转，正要入睡（每次晚饭吃得过饱她总会犯这个毛病），这突如其来的犬吠声又把她吵醒，惊得她心跳都快停止了。

“来人，来人啊！”她呻吟道，“快来人啊！”侍女们大惊失色，迅速跑到她的卧房。“哎哟，哎哟，我活不成了！”她挥着手痛苦地说道，“又是，又是那只狗！快把医生给我找来！他们是想要我的命啊……那狗，又是那条狗！天哪！”她把头往后一仰，做出昏厥过去的样子。那个家庭医生哈里冬急急忙忙地赶了过来。这位穿着软底靴的大夫所有的本事也不过就是小心翼翼地给人号个脉，他一天要睡十四个钟头，其余的时间全部用来长吁短叹，要不就是给太太滴用点月桂汁。他马上跑进房里，点着羽毛想用烟熏的办法来治疗太太的晕厥，等她一醒，他便用银质托盘端来了秘制药水。太太刚服下药就马上用哀怨的语气抱怨起来，她责怪那条狗，责怪加夫里拉，还不忘埋怨起悲惨的命运，说自己是一个被嫌弃了的可怜的老太太，没有人怜悯她，大家都盼着她早点死掉。此时可怜的木木还一个劲儿地叫着，格拉西姆用尽办法想把它从墙边拉走，却都无济于事。“看吧……看吧……又叫起来了……”太太嚷道，眼珠又翻白了。大夫跟女仆耳语了几句，她便奔向前厅，叫醒了斯捷潘，斯捷潘马上去找了加夫里拉，这位愤怒的管家即刻唤醒了宅子里所有的人。

格拉西姆一转身，看到窗边闪动的火光和人影，便预感到大事不妙，他把木木往腋下一夹，立刻跑回阁楼里，把门反锁了起来。很快，有五个人追了过来，在外面想要打开他的门，但发现里面被门栓锁住便停了手。加夫里拉气呼呼地赶了过来，吩咐那些人一直守在门口直到天亮，然后自己跑到女用人的房间，央求柳波芙·柳比莫芙娜，那个曾经和他一起偷过茶叶、糖和其他吃食的老陪伴妇，拜托她跟太太解释解释，就说那条狗是自己偷偷跑回来的，明天一定把它彻底解决掉，请太太千万放宽心，消消气，别再动怒了。太太本来是不会这么快就消气的，不过那位大夫在慌乱之中加大了月桂汁的剂量：原本只需十二滴药水，他却整整滴了四十滴。于是只消一刻钟，太太便在药力的作用下安然入睡了。而此时，格拉西姆脸色惨白地躺在床上，死命地捂着木木的嘴。

第二天，太太很晚才醒过来。加夫里拉预备等她一醒，就下令对格拉西姆的避难所进行猛攻，同时，自己也做好了接受太太狂风暴雨般的责骂的准备。然而，暴风雨并没有来临，太太躺在床上，吩咐女仆把那个上了年纪的寄宿女人叫到身边来。

“柳波芙·柳比莫芙娜，”她的声音如游丝一般虚弱，她擅长装出一副饱受折磨、孤苦伶仃的可怜相，每到这时，全宅子里的人都会忐忑不安起来，“柳波芙·柳比莫芙娜，我如今的情况，你都看到了。亲爱的，去找加夫里拉·安德烈伊奇，去问问他，对他来说，那条恶狗难道比他女主人的安危还要重要吗？我真是不愿相信啊，”她满怀感情地补充道，“亲爱的朋友，去吧，做做好事，去问问加夫里拉·安德烈伊奇。”

柳波芙·柳比莫芙娜来到加夫里拉的房间，谁也不知道他们讲了些什么。但是片刻之后，整整一大群人就朝着格拉西姆阁楼的方向涌了过去。加夫里拉走在人群的最前面，边走还边用手摁住帽子，尽管当时并没有刮风；随从和厨子们紧紧跟在身旁；“尾巴”叔叔从窗子里紧盯着他们，充当指挥，其实就是挥挥手而已；一帮小孩儿跟在后面上蹿下跳、装腔作势，其中有一半都是半路加入的外人。通往阁楼的窄台阶上指派一个用人看守，门旁安排了两个护卫，为了万无一失，他们手里还都握着木棍。他们爬上台阶，立刻占满了整个楼梯。加夫里拉走上前去一边砸门一边嚷道：

“开门！”

从屋里传出了闷闷的狗吠声，但是没有人回答。

“我说，给我开门！”他重复道。

“对了，加夫里拉·安德烈伊奇，”斯捷潘恍然大悟，“他是个聋子，什么也听不见啊。”

大家哄笑了起来。

“那该怎么办？”加夫里拉从上面问道，有些犯难。

“他门上不是有个洞吗，”斯捷潘出了个主意，“您透过那儿，用棍子戳戳他。”

加夫里拉探下了身子。

“他用破大衣把洞给堵死了。”

“那您就把大衣捅到里面去。”

这时屋内又传来了闷闷的狗叫声。

“看吧，看吧，它自己就暴露了。”众人又哈哈大笑起来。

加夫里拉摸了摸自己的耳后根儿。

“我说，伙计，”他终于说道，“你要是愿意的话，就自己来捅。”

“那有什么的，没问题!”

斯捷潘爬上楼梯，抓起木棍就把大衣捅了进去，然后他透过洞口拿着木棍在里面戳戳点点，口中还吆喝着：“快出来，出来!”他正戳着，阁楼的门却突然间敞开了，门开得太急了，仆人们没注意，瞬间就连滚带爬地摔下了楼梯，首当其冲的便是加夫里拉。“尾巴”叔叔见状，赶紧关上了窗户。

“喂，喂，喂，喂，”加夫里拉从院子里喊道，“你可小心点啊，别乱来!”

格拉西姆一动不动地站在门口，高大魁梧，人群又不自觉地在楼梯边聚拢了起来。格拉西姆俯视着眼前这帮穿着德国长衫的人们，双手叉腰，一身红色的农家衬衣显得格外伟岸。加夫里拉上前一步说：

“喂，伙计，”他说，“你可别想跟我耍花样。”

然后他开始用手势跟格拉西姆解释：太太下令一定要你的狗，快点交出来吧，否则后果不堪设想。

格拉西姆看了他一眼，然后转身指了指木木，在自己的脖子上画了个圈，做了一个勒紧绳索的动作，最后用探询的目光注视着老管家，等待回答。

“没错，没错，”管家点点头说道，“没错，必须如此。”

格拉西姆垂下了眼帘，突然间全身一震，他指了指木木，那个成天支棱着耳朵跟在他身后摇尾巴的伙伴，又在脖子上重新做了一次勒紧绳索的动作，然后捶了捶自己的胸膛。他的意思是说希望能够亲自送木木上路。

“你在糊弄我，不行，不行。”加夫里拉摆着手拒绝他。

格拉西姆看看他，轻蔑地笑了笑，然后又拍拍胸脯，“砰”的一声把门关了起来。大家你看看我，我看看你，都一言不发。

“这是什么意思?”加夫里拉打破了沉寂，“他怎么又把门锁起来了?”

“由着他吧，加夫里拉·安德烈伊奇，”斯捷潘说，“他只要答应了，就一定会做到的。他就是那样的人，一向言出必行的。这一点和咱们兄弟都不一样，真的，他就是那样，千真万确。”

“是啊，”其他人也纷纷点头表示赞同，“没错，他就是这样的。”

“尾巴”叔叔也打开了窗子说道：“是真的。”

“那么，好吧，先这么办吧，”加夫里拉说，“不过守卫还不能撤。嗨，就你，叶罗什卡，”他对着一个穿着黄色棉布上衣的男人，就是那个脸色惨白的园丁说道，“知道该怎么做吗？拿着一根木棍，就守在这儿，一旦有什么异常，马上向我报告!”

叶罗什卡在楼梯的最后一级台阶上坐了下来，手中还握着一根木棍。除了几个爱凑热闹的小孩儿以外，其他人都纷纷散去了。加夫里拉一回家就立刻找到柳波芙·柳比莫芙娜，请她转告太太，放心吧，事情全都办妥了，为了以防万一，他还派马车夫去叫了警察。太太听完后将手帕打了个结，喷过香水后闻了一闻，然后在太阳穴上擦了擦，吃过茶点后便又睡去了，月桂汁的药力还尚有残存呢。

又过了一个小时之后，阁楼的门敞开了，格拉西姆从里面走了出来。他身上的那件长衫是只有节日里才会穿的，木木的脖子也被套上了绳索。见状，叶罗什卡马上侧身为他们让路，院子里的人都默默地目送他出门。格拉西姆头也不回，走上马路才把帽子戴在头上。加夫里拉吩咐叶罗什卡跟在后面监视着，叶罗什卡远远地看到，他牵着狗走进了一家小饭馆，于是就在外面等他出来。

饭馆里的人都认识格拉西姆，也能明白他的手势。他点了碗带肉的白菜汤，手肘拄着桌子坐着。木木就站在他的椅子旁，用那双伶俐的眼睛深情地望着自己的主人。它的毛皮油光发亮，任谁都看得出来，格拉西姆刚刚替它梳理过。汤端了上来，格拉西姆捏了点面包加在里面，把肉也撕得碎碎的，然后放到地上给木木吃。木木还是像往常一样吃得斯斯文文，小脸儿只轻轻地碰触到食物。格拉西姆痴痴地凝视着它，看了很久……两滴泪珠猛然间夺眶而出，重重地滑落了下来，一滴落在小狗饱满的前额上，另一滴则滴落在了菜汤里，他赶忙用一只手捂住了脸。木木刚刚吃完半盘食物，跑到一边舔舐自己的脸去了。格拉西姆站起来付过汤钱，在饭馆伙计充满困惑的注视下走了出去。一看到格拉西姆，叶罗什卡赶忙藏到角落里，等他走过之后，才出来继续跟踪他。

格拉西姆步履沉重，步伐十分缓慢，也没有把木木的绳索解开。他走到街口便停住脚步，仿佛陷入了沉思，突然间，他加快步伐径直向克里米亚浅滩走去。途中路过一栋正在建造下房的宅院，便进去拿了两块砖头夹在腋下。到了克里米亚浅滩，他沿着河岸一路往下走，停在了一处泊着两艘小船的地方，那船上还都配着船桨（这些他之前早就发现了），于是他带着木木跳上了其中一艘小船。这时，一个跛脚的老头儿从菜园一角的窝棚里跑了出来，对着格拉西姆大声地吆喝着。但格拉西姆只是点了点头便用力地划了出去，尽管是逆流而上，却在眨眼间划出了百十俄丈。老头儿只好愣愣地站在那，站着站着，先用左手抓了抓背，又换右手搔了搔痒，似乎对这莫名其妙的事情感到不可思议，然后转身一瘸一拐地走回了窝棚。

格拉西姆不住手地划着桨，很快就把莫斯科城远远地甩在了身后。草地、菜园、田野、树丛还有农家小院在河岸边绵延展开，乡村的气息扑面而来。他扔掉了船桨，把头深深地埋在了木木的胸前，小狗静静地坐在干燥的横梁上，一动也不动（船底已经被河水打得湿透），他那健壮有力的双手紧紧环着木木的脊背，水浪推动着小船缓缓向城市方向漂去。终于，格拉西姆下定决心，挺起胸膛，愤怒而又绝望地将砖头迅速绑在绳索的一端，然后将另一端套在了木木的脖颈上，抱起它，离开河面，最后一次深情地望着它……木木也摇晃着尾巴，回望着他，眼神里满是信任，全无一丝恐惧，根本没有意识到接下来会发生什么。他扭过头去，紧闭着双眼，猛地松开了手……格拉西姆的世界依旧是那么沉静，他既听不到木木坠落的一瞬间那尖利的哀鸣，也听不到浪花被激起时发出的砰然巨响，对他而言，最喧嚣的白昼也是沉寂而宁静的，这种静默是我们哪怕在最安静的午夜也无法感受到的。当他再次睁开双眼的时候，微波依旧争相消散在水面上，细浪依然尽情地拍打着船头，只是远处河岸边泛起了一圈圈巨大的涟漪。

一不见格拉西姆，叶罗什卡马上跑回家去，报告了自己所看到的一切。

“唉，解决了，”斯捷潘说道，“他把它淹死了，终于可以长舒一口气了，他只要答应就一定会……”

那一天谁都没再见过格拉西姆，他也没有回家吃午饭。夜幕降临，所有人都聚在桌前吃晚饭，唯独他没有出现。

“格拉西姆这个怪人啊！”一个负责洗衣服的胖女人尖声说道，“为了一条狗失魂落魄！哎，这算是怎么回事儿啊！”

“说起来，格拉西姆今天还回来过一次呢。”斯捷潘一边盛着粥一边嚷道。

“是吗？什么时候啊？”

“就是两个钟头前吧。真的，我在大门口碰见他了，当时他正从院子里往外走。我本想问问他关于狗的事情，可当时他的魂儿都不知道跑到哪儿去了。他一下子把我粗暴地推开，那副神情好像在说，躲开，别来烦我。他那一推可真有劲儿啊，哎哟，哎哟！”斯捷潘不自觉地缩成了一团，抓着自己的后脑勺说，“哎呀，他那只手实在是天生神力啊，我还能说什么呢。”

大家嘲笑了斯捷潘一番，便各自回房睡觉去了。

然而，就在大家闲谈的时候，T形公路上有一位巨人正大步流星、毫不迟疑地向前走着，他肩上背着一个布袋，手中还握着一根木棍，这个人正是格拉西姆。他头也不回地奔向前方，那里有他的乡村，那里是他的故土。可怜的木木被溺死之后，他马上跑回自己的阁楼，迅速收拾了些衣物，把旧毛衣裹成个包袱，打个结往肩上一搭，便头也不回地上路了。太太把他从乡下带出来的时候，他就暗暗记下了回家的路，他的家乡距离公路只要二十五俄里[①]。在通往家乡的路上，他走得毫无畏惧，果敢中掺杂着绝望还有些许欣喜。他昂首阔步地向前走着，眼神中充满渴望和坚毅。他走得那样急迫，好像他的老母亲正在家乡等待着他，好像他的老母亲在呼唤着这个漂泊在外、寄人篱下的孩子……此时夜幕初降，夏日的黄昏静谧而温暖。天空的一边，夕阳西下，晚霞在泛白的天际渲染出淡淡的绯红，天空的另一端，弥漫着青灰色的雾霭，夜晚便从那里降临了。数不清的鹌鹑在四下啼叫，秧鸡也争先呼应……这些格拉西姆都无法听到，当他强有力的双脚踏过树林时，他也听不到那片丛林在夜幕下的丝丝耳语。可是，他能嗅到黑麦散发出的熟悉的芬芳，那是微风拂过麦田传送来的香气；他能感受到家乡的和风扑面而来，那风温柔地抚摸着他的脸庞，玩弄着他的头发和胡须；他能看到前方笔直如箭的大路，那笼罩在白色光辉下的尽头就是他魂牵梦萦的故乡；他能看见满天繁星点点，正在替他照亮前行的路。于是，他的步伐愈发矫健，有如一头勇猛果敢而又生机勃勃的雄狮，当初升的太阳将温润的红色霞光洒落在大地上的时候，健壮的男人已经不知不觉地走出了很远，把莫斯科城甩在了三十五俄里以外的远方了……

走了两天他就到家了，回到自己的小屋，他的突然出现还把已经住在他那的士兵老婆吓了个半死。在圣像前祷告过之后，他就立刻去了村长那里。村长起初诧异了一下，但略微思考了一下，答应了。正

---

① 俄里：1俄里＝1066米。

逢农忙时节，格拉西姆可是个干农活儿的好手，于是人们二话不说，就把镰刀塞进了他的手里。格拉西姆便像从前一样，割草去了，那些庄稼汉都目瞪口呆地看着他一挥一搂，好不利落……

格拉西姆出逃的第二天，莫斯科这边的人才发现了这件事。他们把阁楼仔仔细细地搜了个遍，依然一无所获，然后就报告给加夫里拉。管家来看了一眼，便耸耸肩断定说，那个哑巴要不就是跑掉了，要不就是和他那条蠢狗一起沉到河里去了。他们先上报了警察局，然后又跟太太禀报了此事。太太大发雷霆，然后竟嚎啕大哭起来，她吩咐道，无论如何也要把那个哑巴找回来，还拼命地辩解说，自己从来都没有下令要杀死那条狗，最后，还把加夫里拉大加斥责了一番。这个总管大人被弄得整天垂头丧气，直到“尾巴”叔叔劝他说：“算了吧”，他才决定就这样算了。格拉西姆回乡的消息终于传了回来，太太这才稍微安了心。她先是下令叫他马上回莫斯科来，可之后又补充说，那个忘恩负义的家伙简直全无用处，找回来也没有用。没过多久，这位太太就死了，她的继承人哪里会顾得上格拉西姆呢，就连剩下的那些娘家带来的家奴也都被遣散回乡，按月交租去了。

至今，格拉西姆还是孤身一人，孤独地住在那间小房子里。他依旧那样健壮，干起活来，依旧一人能当四人用，依旧那样认真而又沉稳。但是，邻居们都发现，自打从莫斯科回来以后，他就再也不接触女人了，甚至连看都不看一眼，而且也从来都不养狗。“话说回来，”庄稼汉们说道，“不用和女人打交道，这绝对是他的福气啊！至于狗嘛，他要狗有什么用呢？他那个院子，就是用头驴来拉，小偷也绝不会光顾！”就这样，这位无言壮汉的故事一直流传至今。

杀人的狗

[日] 小林多喜二

商　倩译

右手边的十胜岳[①]就像廉价涂料画中的富士山一样，在晴空下清晰可见。因为那边是高地，所以左手边一带就像是正在展开的起皱的包袱皮，远远地就能看见这一片起伏。有条线穿过其中一条褶皱的底部，迎面慢慢抬升起来。那是延伸向钏路市方向的铁路。十胜川也能被望见，就像被孩子玩过的铁丝，到处都闪烁着耀眼的光芒。这是盛夏的正午，太阳肆无忌惮地炙烤着大地，让人觉得它的周边好像要呼呼喷出火来。正在拆毁这片高地的建筑工人们，就像刚从热水中跳出来一样浑身是汗，身子也变得摇摇晃晃起来。工人们的眼里充满血丝，就像腐烂的鲱鱼眼，通红呆滞。

有一个工头走了过来。

还有一个人从他身后跑过来。

近百个工人们突然变得喧嚷嘈杂起来。“逃跑了吧！”“干什么呀！这个混蛋！臭小子！”

工头杀气腾腾的。那边好像有谁被打了，砰地传来了直接殴打肉体的声音。

这时大老板骑马赶到了。他把手枪交给两三个工头，命令他们马

① 位于日本北海道中部的活火山。

上去追赶逃跑者。

“真是做了件大蠢事!”

会是谁呢?不管是谁立刻就会被抓到，这样一来狗又该高兴了!

沿着脚下的路线，有辆像玩具一样的客车驶了上来，那客车就跟累坏了似的发出呼哧呼哧的声音，偶尔还冒出圆圈状的白烟，就像寒冷的早晨呼出的气。

那个傍晚，工人们跟往常一样，在工头的看守下从工地回来。在背后夕阳的照射下，他们扛着丁字镐和铁铲的身影被拉得长长的，并映在面前的路上。正当工人们顺着回工棚的路，绕山前行的时候，从后面传来了马蹄声。被抓了吧，工人们都这么想着，当他们停下了脚步回头去看时，发现那是源吉。

源吉全身都湿透了，被绳子绑着，而且绳子的一头被系在工头骑的马上，马稍微一加速（是他们故意让马加速的），他就被带个跟头。就这样，在满是石头的山路上，这个逃跑者被拖拽着，他的衣服破了，额头和脸上流出血来，血染在地上，变成瘆人的黑色。

工人们什么都没有说，又继续前进。

（源吉身体很不好，他总是说，在死之前无论如何要跟留在青森的妈妈见一面。他只有二十三岁。两天前的大雨浑浊了一切，源吉趁着机会，抱着一块木板就飞身跳进了拍打着水花奔流向前的十胜川。这点大家是以后才知道的。）

吃完饭，工头把工人们叫到空地上。

又来了!

“我不想去啊!”大家都这么说。

到空地一看，老板和工头们都在。源吉仍然被绑着，被打得倒在了空地的中央。老板一边抚摸着大狗的背，一边在大声说着什么。

头儿问：“集合起来了吗?”工头问工人们：“全都到齐了吗?”大家告诉头儿说：“都到齐了。”

“好的，那就开始了！大家都看着，这是什么下场!”

老板卷起浴衣的下摆就踹了源吉一脚，叫道："站起来！"

逃跑者摇摇晃晃地站起来。

"还能站起来？啊？"老板这么说着，猛地握拳左右开弓，开始击打源吉的脸。逃跑者就像戏剧的模型一样，摇过来摆过去，头无力地垂在胸前。源吉吐了一口唾沫，血从他的嘴里流出来，他又吐了两三口带血的唾沫。

"混蛋！好好看着！"

老板扒开胸襟，露出胸毛，然后给工头递了个讯号说，"上吧！"

一个人过去解开了逃跑者的绳索，然后工头牵着那条一人高的土佐犬走向源吉。大狗的肚子虽然咕噜咕噜地叫着，但是看它的四肢，就能知道这条狗浑身有使不完的劲。

工头叫了声"去！"就放开了土佐犬。

土佐犬露出尖利的牙齿，拉长两条前腿，屁股高高抬起……源吉的身体在颤抖，"啊"的一声，吓得不敢动弹了。时间好像瞬间被定格，连人的呼吸声也听不见了。

土佐犬汪的叫了一声就扑了过去。源吉叫喊着挥舞着双手，就像盲人向前伸出双手要摸索什么一样。土佐犬直直地扑向了源吉开始撕咬。源吉和土佐犬扭在一起，他痛苦地在地上乱滚了两三下。土佐犬松开他，嘴边沾满了血，然后跑到老板身边，扭动着身体绕着老板转了两三圈。源吉倒在地上，一会儿开始哆哆嗦嗦地动起来，然后踉踉跄跄地站了起来。但是这次土佐犬一声不吭地又扑了过去。源吉已经毫无招架之力，一下就被撞飞，冲向了用来隔开空地的围墙。大狗又逼近了！源吉转过身面向土佐犬。他靠在围墙上，后背直直地立着。大家不由自主地往那边看去。源吉面向众人的脸上，已满是鲜血，根本看不清楚他的面容了。但能看到他从下巴到喉咙的皮肉已经完全被撕裂了，血一直流过他因大口大口喘息而不断起伏的胸口。源吉站起来用胳膊抹了抹脸，似乎想要看清楚土佐犬的方向，土佐犬像在炫耀自己的胜利似的叫了一声，那一瞬间，源吉忽然不明所以地语速很快地大喊一声：“一点都不可怕！啊！妈妈!”，然后猛地转过身去，像猫一样挣扎着想要爬上围墙。大狗从后面咬住了他。

那晚工头带了两个工人，他们扛着源吉的尸体进了山，挖个坑把他埋了。月夜下的十胜川比白天更清晰可见。他们用铁铲把土铲进坑里的时候，土打在箱子上，发出令人毛骨悚然的声音。

回去的路上，一个人趁工头小便时对同伴说：“哎，总有一天我也会被那条狗给杀了吧……”